En menos de lo que canta un gallo

En menos de lo que canta un gallo

Mario Engelsberg

A mi esposa Teresa

¿Comiste?

"La vida pasa en menos de lo que canta un gallo" ...Hay algo de verdad en eso. ¿Cuánto dura una vida? Digamos unos ochenta años y ¿el canto de un gallo? Tal vez unos 15 segundos. Por tanto, la vida humana dura más o menos 168 millones de cantos de gallo. Por otro lado, la edad del universo - unos trece mil ochocientos millones de años - corresponde a un número muy próximo de tiempos de vida humana 172 millones... ¡casi la misma proporción...! Se puede argumentar que, en una escala cósmica, la vida pasa en menos de que el canto de gallo.

Nuestro siglo XX, un breve instante cósmico, fue moldado por dos guerras cataclísmicas que determinaron el destino de varias generaciones. Apenas tres meses después del estallido de la guerra que comienza a devastar Europa por la segunda vez, el distante Rio de la Plata asiste a un hecho insólito, una gran batalla naval que termina con la primera victoria aliada. El capitán del Graf Spee decide hundir su navío y se refugia en Buenos Aires y allí se suicida el miércoles 20 de diciembre de 1939. Yo nacía algunas horas más tarde, el jueves 21, en una maternidad de la calle Fragata Sarmiento en Caballito. El oficial público del Registro Civil decidió que mi nombre debía ser Martín, porque sonaba, en castellano, parecido con el nombre que mi padre insistía en registrar, que era el de mi abuelo, y así acabé como Martín Wolfenson.

Durante los veintiséis años siguientes me tocó vivir en una casa en el barrio de Villa Crespo. Era una construcción de cuyo tipo aún existen muchas en Buenos Aires. Dos puertas idénticas de madera tallada y barnizada correspondientes a casas distintas, la de la izquierda con un corredor largo y estrecho que terminaba en un área donde estaban los cuartos, una higuera y en el fondo un gallinero. La puerta de la derecha era la entrada de mi casa que tenía una gran ventana a la calle con baranda de hierro forjado y persianas de hierro. Dentro estaban los cuartos del lado derecho y un patio grande del lado izquierdo con una escalera que llevaba a la azotea.

Cuando niño, el lugar que más me atraía estaba en realidad fuera de la casa, era el umbral de la puerta de entrada, "el mármol" como lo llamábamos. En el de verano, cuando aguardaba que llegase un amigo para jugar o para sentarse a leer historietas, algunas vecinas ancianas solían pedirme que les hiciese algunas compras en el almacén. Al traer las compras de vuelta podía satisfacer mi curiosidad entrando en las casas de los vecinos para observar cómo vivían. Conocía casi todas las casas de mi cuadra, muchas por haber entrado y algunas porque la puerta de calle permanecía casi siempre abierta y se podía curiosear. La excepción era una casa donde vivían dos hermanas solteronas con su madre que nunca salía a la calle y que todos llamaban, por algún motivo que nunca llegué a descubrir, "la hombra". A pesar de mi gran curiosidad, no creo que jamás hubiese reunido coraje para entrar en esa casa misteriosa.

Así como conocía a todos los vecinos de mi cuadra, las cuadras adyacentes y las transversales eran terreno desconocido. Ni hablar de la segunda cuadra más adelante, que ya pertenecía al barrio Almagro, que para mí era otro mundo…

Las crisis europeas habían cambiado la cara de Buenos Aires que en aquella época recibía a la segunda gran ola inmigratoria que se extendió desde los años 30 hasta aproximadamente 1950. Más de la mitad de los vecinos de la cuadra eran inmigrantes, principalmente italianos, judíos, árabes y españoles. La condición de hijos de inmigrantes nunca dejaba de estar presente. Para comenzar, excepto en la escuela pública, no eran llamados simplemente por sus nombres, sino que era adicionado un complemento como "el tano Alberto", "el turco Antonio", el "gallego Fermín" o "el ruso Martín" … Otra fuente de roces era la escuela israelita que los niños judíos solían frecuentar por la tarde lo que obligaba a abandonar los juegos y apartarse temporariamente de los otros chicos.

Las relaciones entre los niños de la cuadra, pero más aún entre los de la escuela no eran pacíficas. Una cuestión de la mayor importancia era establecer quién era el más valiente. Quien estaba un escalón encima y quien un escalón abajo en la escala de guapeza, y esa escala estaba siempre cambiando…No tanto con los chicos de la cuadra porque no eran muchos y, excepto cuando llegaba alguien nuevo, la escala ya estaba bien establecida.

En la escuela pública la situación era diferente, porque éramos unos treinta chicos en el grado y todos de la misma edad. Un cierto día, cuando estaba en quinto grado, se acerca compañero a mi banco:

- Gutiérrez me dijo que te "faja" – me susurra al oído.

- ¿Gutiérrez ...? A ese yo lo "fajo "

- Dijo que te va a "mojar la oreja" en el recreo.

Llega el recreo y veo a Gutiérrez, un niño cordobés fornido de cabellos muy lacios peinados con gomina, aproximarse rodeado por un grupo de compañeros. Se lleva un dedo a la lengua y me toca una oreja. Ahora solo había una única salida, Masón...

- ¡A Masón...! ¡A Masón...! – comienzan a gritar los otros.

Masón era el lugar donde, a la salida de la escuela, tradicionalmente se resolvían esas disputas. Un pasaje a corta distancia que aún hoy lleva el mismo nombre. Por tener una única cuadra, prácticamente no circulaban vehículos ni había gente caminando. Gutiérrez se quita el guardapolvo blanco y se lo entrega a un compañero, yo hago lo mismo. En el centro de un círculo de por lo menos quince chicos estamos Gutiérrez y yo. Comenzamos a los empujones y en seguida estamos agarrados rodando por el piso. Pero, a pesar de la situación en que nos encontramos sucede algo inesperado. En medio de la lucha me asalta un sentimiento de que, en realidad, no quiero hacerle daño...Gutiérrez es un buen chico y siempre me trató bien. Parece que él está sintiendo lo mismo porque no está usando sus puños conmigo como debería ... Finalmente aparece un señor que, entrando en el círculo, consigue separarnos y la lucha termina siendo declarada oficialmente un empate. Gutiérrez y yo nos tornamos buenos amigos y nunca más volvimos a hablar sobre el asunto.

En el invierno de 1952 la ciudad estaba de vigilia por el agravamiento de la enfermedad de Evita y parecía que la fogata de San Pedro y San Pablo, que todos los años era encendida en la esquina de mi cuadra, no ocurriría. Una noche fría de junio cuando estaba ayudando a juntar madera para la fogata, que acabó siendo cancelada, aparece el "tano" Alberto acompañado de otro chico que nunca había visto antes.

- ¿Quién es ese? - Pregunto

- Es un pariente que llegó de Italia ayer. Se llama Emilio.

Eso explicaba la vestimenta extraña. Usaba unos pantalones muy cortos, bien encima de la rodilla, que no terminaban en la cintura como los usados por todos los chicos, sino que continuaban encima cubriendo parte del pecho como una especie de jardinera.

- ¿Dónde vive?

- En el conventillo de Julián Álvarez, con los abuelos.

- ¿Y los padres?

- Quedaron en Italia. Vino solo...Quince días de barco.

Recuerdo que esa noche soñé que viajaba en un gigante barco negro y que me había perdido en el enmarañado de camarotes y pasillos. Buscaba a mis padres por todos los corredores, pero no conseguía encontrarlos...

El conventillo de Julián Álvarez había recibido ese nombre meramente por el hacinamiento, no tenía ninguna característica arquitectónica especial como algunos conventillos famosos de Buenos Aires. Mientras que en las casas normales de inquilinato vivían típicamente cuatro o cinco familias, en el conventillo vivía más de una docena y las condiciones eran pésimas. Los abuelos de Emilio habían llegado de Italia poco más de un año antes y a mí me parecían ancianos. La abuela, Doña Celia, que era pariente de la madre de Alberto, lavaba y planchaba ropa que después entregaba, equilibrando con toda naturalidad sobre su cabeza, un gran bulto blanco. Nunca supe bien que hacía el abuelo para ganar el sustento.

A la mañana siguiente después de la escuela, ya cerca del mediodía, estaba sentado en el mármol cuando veo a Emilio aproximándose. El conventillo era muy cerca de casa, bastaba doblar en la esquina y andar una media cuadra.

- Ciao Martín

- Hola Emilio. ¿Como te va?

- Hai mangiato?

Me pareció extraña la pregunta... ¿Habría querido saber si a esa hora ya había almorzado? Todavía no era ni mediodía...Respondí negativamente e intenté conversar un poco en una mezcla de castellano con algo de italiano aprendido con mis vecinos. Conseguí entender que sus padres vivían en un pueblo llamado Maddaloni en la región de Campania, provincia de Caserta y había embarcado junto con unos inmigrantes, paisanos de un pueblo vecino, quienes lo cuidaron durante el viaje. Tenía trece años, uno más que yo, y se llamaba Emilio Agnessini.

Aprendió a hablar castellano bastante rápido y gracias a algunas ropas que le regalaron ya no parecía tan "tano" como cuando llegó. Luego comenzó a trabajar, al principio ayudando al padre de Alberto, que tenía una camioneta para transportar carga, y más tarde en otro empleo fuera del barrio. Salía de casa temprano, siempre bien peinado y con la ropa muy limpia, algo para mí difícil de entender dada la precariedad de las condiciones de vida en el conventillo. Cuando volvía de trabajo solíamos encontrarnos y su saludo era siempre el mismo:

- ¿Comiste?

Comencé a entender el significado de la pregunta… No se trataba de saber si a esa hora ya había almorzado o cenado. En realidad, quería saber si en ese día había comido algo. Había oído a mis padres contar que, cuando vivían en Europa, el hambre era un compañero constante y la mayor preocupación diaria era saber si habría algo para comer. Debemos reconocer que, a pesar de su accidentada historia, por lo menos en ese aspecto, la Argentina no decepcionó a los que buscaron refugio en esta tierra…

Emilio llamaba a todos por su nombre y no "ruso" "turco" o "gallego", algo que, a mis ojos, lo hacía admirable. La escala de guapeza, que para nosotros era tan importante, no tenía ningún significado con él. A pesar de haber desarrollado en poco tiempo un cuerpo musculoso y una estatura de adulto no intentaba imponer su voluntad ni humillar a los otros. Nunca hablaba groserías ni se interesaba por el futbol o las historietas, su pasión era la ópera. En esa época comencé a dudar de las reglas establecidas que regían en el barrio y que hasta entonces había considerado inmutables…

Emilio no tenía otros amigos en la cuadra, el relacionamiento con Alberto y su familia, a pesar de ser parientes, era distante. Aparentemente los padres de Alberto, que como nuevos propietarios estaban en plena ascensión social, no tenían mucho interés en comprometer su nueva imagen con gente de conventillo… Después de poco más de un año de trabajo arduo en dos empleos, Emilio consiguió mudarse, junto con los abuelos, para una casa de inquilinato normal.

Pasaron casi cuatro años sin que supiese nada de Emilio hasta que tuve un reencuentro insólito. Estaba una tarde en un cine en Almagro, donde exhibían dos películas, como era común en aquellos tiempos. En el intervalo entre la primera y la segunda, que generalmente era la más nueva, las salas de cine tenían la obligación de presentar un "número vivo" cuyo propósito era asegurar una fuente de ingresos para artistas principiantes de todo tipo. El presentador apareció en el escenario anunciando al joven tenor italiano Emilio Agnessini que en seguida tomó el micrófono y, sin ningún acompañamiento comenzó a cantar:

L`aurora di bianco vestita
Giá l`uscio dischiude al gran sol,
Di giá con le rosee sue dita
Carezza de` fiori lo stuol !...

Cuando escuché los primeros aplausos y antes de que comenzase su última canción bajé las escaleras y me dirigí al hall con la intención de encontrarlo. El acomodador me informó que si quería ver a los artistas tendría que salir del cine y esperar en una puerta que había en una calle lateral. Estaba lloviendo mucho y la segunda película no iba a demorar, imperdonablemente desistí y volví para para la sala. Fue la última vez que lo vi.

En menos de lo que canta un gallo pasaron treinta años y me encontraba en Roma por cuestiones de trabajo, era el mes de noviembre de 1982. Mientras esperaba en el vestíbulo del hotel por un transporte para el lugar donde estaba programada mi reunión, decidí dar una rápida mirada a los diarios y revistas. Había un titular en un semanario que me llamó la atención porque contenía un artículo muy crítico sobre la dictadura cívico-militar Argentina. Reproducía una lista detallada de nombres de ciudadanos italianos, o con doble nacionalidad, considerados desaparecidos. La lista, que era bastante larga, ya había sido publicada unos días antes, en forma más sucinta, por el "Corriere della sera" y estaba en orden alfabético. Comencé a recorrer con la vista los primeros nombres y luego me detuve... Agnessini Diego, 18 años, hijo de Emilio

Agnessini, Maddaloni, región de Romania, provincia de Caserta...

La mina del Ford

"*Fortuna imperatrix mundi*". Cuando la suerte no está de tu lado más vale aguantar las consecuencias. No hay otro remedio… Fue lo que debe haber pensado Angelito aquella mañana de 1954 cuando descendió del Ford con sus dos valijas.

La cuadra estaba cambiando. Unos dos años antes, en una pensión que existía a pocos metros de distancia de nuestra casa, se había producido una gran confusión cuando un brasileño, con algunas copas demás, no paraba de cantar a todo pulmón, a pesar de que era casi medianoche. Vino la policía y consiguieron calmar los ánimos, pero algunos días después apareció un oficial de justicia con una orden de desalojo y la pensión tuvo que cerrar sus puertas para siempre. La casa, permaneció vacía por algún tiempo hasta que llegó un equipo de operarios para demolerla. Los vecinos se enteraron de la existencia de un proyecto para la construcción de un edificio de departamentos de cinco pisos, una noticia sensacional ya que solo había casas bajas en nuestra cuadra y en la mayoría de las cuadras vecinas. La construcción avanzó muy lentamente… nadie parecía tener ningún apuro. Al mediodía los obreros preparaban el asado, compraban el vino y después del almuerzo una siesta… Lentamente, la obra fue avanzando hasta que finalmente, el edificio fue concluido y comenzaron a llegar los moradores.

Excepto por Fermín, el portero gallego, los nuevos vecinos no se parecían en nada a los habitantes de las casas de la cuadra. En el cuarto piso, había un departamento con balcón a la calle, ocupado por un grupo de jóvenes venezolanos, estudiantes de medicina. En el tercero vivía Delia, una chica de más o menos mi edad – en ese tiempo ya no conseguía disimular mi interés por las niñas vecinas - cuyo padre era funcionario de un banco. En el primer piso vivía un matrimonio de bolivianos, con un niño pequeño, que trabajaban en el consulado de su país… Los inmigrantes, que constituían buena parte del vecindario tradicional, casi no estaban representados entre los moradores.

Debido a la privacidad que ofrecían los departamentos, a diferencia de las casas tradicionales, un nuevo tipo de vecino, hasta ese momento desconocido en la cuadra, se hizo presente. En uno de los departamentos internos del quinto piso, por ejemplo, vivía una pareja especial…La mujer, de unos treinta años, era muy atractiva, vestía ropas elegantes muy ajustadas al cuerpo. Tenía cabello lacio y negro recogido en la nuca y la piel muy blanca. La vi por primera vez desde el umbral de mi casa cuando descendía del Ford con su compañero. Debía tener poco menos de cuarenta años, era un poco más bajo que ella, de hombros anchos, músculos fuertes y tez bronceada. Vestía ropas deportivas y usaba en el cuello una cadenita de oro con un crucifijo. Como ninguno de los dos conversaba nunca con los vecinos y como nadie sabía sus nombres ella pasó a ser "la mina del Ford".

Aquel Ford no era un auto ordinario, era el memorable Fairlane 1952 de color verde brillante y techo negro, que nos fascinaba a todos. Los chicos de la cuadra pasábamos horas observando sus líneas aerodinámicas. A partir del Chevrolet 1951, surgió una diferencia radical entre los nuevos autos y los de la década de 1940. El guardabarros delantero curvo, que sobresalía del cuerpo del auto, había sido transformado en una superficie única, que incluía las puertas, y el antiguo estribo recubierto de caucho había sido eliminado. La cabina en forma de bóveda que continuaba en la parte trasera del vehículo había sido substituida por una cabina más simétricamente dispuesta. Ford y Chevrolet disputaban la preferencia del público, casi como dos equipos de futbol, y la rivalidad era alimentada por los grandes premios de turismo de carretera, muy populares en la década de 1940, cuyos ídolos eran Fangio y los hermanos Gálvez.

Mi admiración por aquel auto era tan grande que no podía dejar de notar cuando estaba presente y cuando se marchaba. Generalmente, alrededor de las seis de la tarde llegaba la pareja, pero luego comencé a notar que varias horas más tarde, el auto ya no estaba. Por la mañana, aunque nunca veía el Ford, la mujer salía a hacer sus compras, como siempre, andando de tacos altos y elegantemente vestida. No tardamos en entender cuál era la relación que unía a esa pareja, pero con el tiempo, comenzamos a considerarla como normal.

En esa época, con 14 años, estaba en el segundo año de la escuela secundaria y tenía nuevos amigos. No me había alejado voluntariamente de los chicos de la cuadra, sino que la mayoría de ellos comenzó a trabajar en algún empleo después de concluir la escuela primaria. Yo no quería ser diferente de ellos, pero mis padres se opusieron tenazmente.

Es bien sabido que las amistades que se forjan entre los compañeros de la escuela secundaria suelen ser muy intensas y duraderas. Con uno de mis compañeros, éramos particularmente próximos, se llamaba Felipe Soria. Al comenzar el año lectivo, Soria era el primero en percibir cuando un profesor era un tarambana - muchos en aquella época lo eran - y a bautizarlo con un apodo. No se peinaba como todos, sino que lo hacía revolviendo sus cabellos con las manos hasta que su cabeza se asemejaba a un erizo. Además, tenía un tic que le hacía fruncir la nariz e inspirar profundamente en forma abrupta tornándose muy evidente cuando estaba nervioso.

Los padres también lo habían obligado a continuar estudiando, pero a diferencia de lo que aconteció conmigo y otros compañeros, Soria se rebelaba a la idea de algún día acabar siendo igual a los profesores de quienes tanto se burlaba. Quería ganar dinero y no perdía ninguna oportunidad de hacer algún negocio estrafalario. Cierta vez apareció con una bolsa de pomos de carnaval que comenzó a ofrecer en los recreos, otra vez vendió potes de bronceador solar...

Otro de sus hobbies era hacerse pasar por no-vidente y pedir dinero en el subterráneo. Para eso había practicado bastante, ensayando minuciosamente los movimientos y los gestos para evitar delatarse, ya que se trataba de algo bastante arriesgado. Me contó que en una ocasión fue descubierto logrando por milagro escapar de que lo linchasen. Después de eso no volvió a intentarlo. Era la oveja negra de la familia y sufría reclamaciones permanentes. Los padres estaban más o menos resignados, pero quien más reclamaba era el tío, hermano de la madre que, por ser más joven, había asumido la responsabilidad de enderezarlo. Tenía dos hijas y su esposa había heredado una fábrica de parqué que, bajo su comando, se había expandido considerablemente, lo que les permitía una situación económica holgada. Las dos familias vivían en casas no muy distantes en el barrio de Flores.

Al salir de la escuela, ya cerca del anochecer, cuando no tenía algún nuevo negocio o alguna otra de sus excentricidades para tratar, Soria tomaba el ómnibus de la línea 119 junto conmigo. Yo descendía a menos de dos cuadras de mi casa, en Villa Crespo, y el continuaba por más de media hora hasta llegar a su casa. Un cierto viernes, cuando viajábamos juntos, me sorprendió con una novedad -nunca se sabía qué esperar de Soria -

- Voy a bajar junto con vos. Te acompaño hasta tu casa y después me vuelvo.

- Bueno, dale.

Al bajar nos detuvimos en el kiosco de la esquina donde compré una revista de historietas que, por esos tiempos todavía leía todos los viernes, y comenzamos a andar hacia mi casa. Cuando estábamos por llegar lo veo apuntar para el Ford que estaba estacionado en el lugar de siempre,

- ¡Ese es el auto de Angelito...! ¿qué estará haciendo por aquí?

- ¿Quién es Angelito?

- Mi tío, el hermano de mi mamá...

Mi primer pensamiento fue no contarle nada. Volvería para su casa, hablaría con el tío sobre haber visto su auto en la calle, el tío inventaría alguna historia sobre estar visitando un cliente y punto final. Pero después pensé, ese tío no lo deja en paz, está siempre reclamándole de todo, no le vendría mal a Soria tener una carta en la manga para usar contra él en alguna ocasión. Finalmente opté por contarle todo sobre la "mina del Ford" con lujo de detalles. Mientras hablaba noté que el tic de fruncir la nariz se estaba acelerando y se estaba poniendo pálido.

- ¡Desgraciado...! ¿En cuál departamento vive? Voy a entrar.

- ¿Estás loco? Además, puede ser una casualidad...Debe haber muchos autos como ese - Sabía que no era muy probable.

- Es el auto de Angelito, ese rosario que tiene colgado en el espejo se lo regaló mi mamá.

Finalmente conseguí convencerlo, de que, a pesar del rosario, todo podía ser una coincidencia y que era más prudente anotar el número de la chapa y compararlo con el del auto del tío.

Cuando llegué el lunes a la escuela Soria ya estaba allí, algo raro porque casi siempre llegaba atrasado.

-Ya comparé... es el auto de Angelito, los números de las chapas concuerdan.

Luego agregó:

- Hoy vamos a volver juntos de nuevo, pero no te preocupes no voy a hacer ningún escándalo – me aclaró para calmarme.

Salimos una hora antes porque la profesora de matemáticas avisó que faltaría y como era la última aula de la tarde nos dejaron salir. A esa hora el 119 tenía unos pocos asientos desocupados y nos sentamos separados, el adelante y yo luego atrás. Noté que Soria sacó un cuaderno de su portafolio, arrancó una hoja y escribió algo. Yo continuaba preocupado porque, no sabía qué estaba tramando. Además, por ser una hora más temprano que lo normal, podríamos llegar antes que el Ford y ¿Qué haríamos en ese caso? Felizmente el Ford ya estaba estacionado, Soria se acercó, sacó del bolsillo la hoja que había arrancado del cuaderno, y antes de plegarla me la mostró para que leyese lo que había escrito:

- ¡DESGRACIADO!... ESTOY SABIENDO DE TODO -

Dobló la hoja haciendo varios pliegues y consiguió introducirla por una pequeña brecha en el vidrio de la ventana.

No tardó en surtir efecto. Al día siguiente el Ford no apareció y continuó sin venir por un tiempo. La "mina del Ford" hacía sus compras por la mañana, como siempre y salía más tarde, pero no había señales de Angelito. En la escuela no comenté más sobre el asunto con Soria que había vuelto a sus locuras habituales y parecía haberse olvidado de todo.

Después de un par de semanas Angelito reapareció, pero sin el Ford. Llegaron ambos de taxi, algo que se repitió varias veces en los próximos días. Finalmente, al volver de la escuela una tarde, me deparé de nuevo con el Ford que estaba estacionado en el lugar de costumbre y a partir de ese día la rutina volvió a ser la misma de siempre, como si nada hubiese ocurrido.

Ya estaba llegando el mes de noviembre y Soria estaba preocupado por sus notas. No había sido eximido del examen de diciembre en casi ninguna materia y en varias otras las notas no eran suficientes ni siquiera para tener derecho a ese examen, sino que debía tomar directamente el examen de marzo, lo que significaba arruinar sus vacaciones. Era la última oportunidad para no tener que repetir el año.

Un sábado, en la última semana de noviembre, veo llegar el Ford por la mañana, un horario fuera de lo común. Angelito, que estaba visiblemente agitado, abrió el baúl trasero, retiró dos pesadas valijas y rápidamente atravesó la puerta de entrada del edificio. Era claro que alguna cosa seria había ocurrido, pero solo el lunes pude enterarme. Sin que le preguntase, Soria me contó que había habido una pelea. Fue el viernes a la noche en la fiesta de cumpleaños de una de las hijas de Angelito. Con toda la familia reunida Angelito comenzó a reprocharle sus bajas notas, su manera de vestirse, sus amistades, su apariencia…Cuando le reprochó también que nunca se había confesado y que no iba a misa, Soria no consiguió contenerse y contó toda la historia de "la mina del Ford".

   - ¿Y después qué pasó? – Pregunté

   - La mujer lo echó de la casa.

La revolución del parque

Cuando comenzaron la búsqueda por una casa donde vivir eligieron, sin dudarlo mucho, una en el barrio de Villa Crespo. Era el año de 1936 y mi madre, que recién había llegado de Europa, quería que tuviese un gran balcón a la calle. Por ese motivo mis padres se decidieron por la casa donde acabé viviendo durante mis primeros veintiséis años. Irónicamente, el balcón acabó siendo abierto solo para limpiar el polvo que se acumulaba en las persianas de hierro.

El dueño de la casa, Don Rómulo Orsini, era un italiano que había llegado con la primera gran ola inmigratoria de fines del siglo XIX y la había construido casi con sus propias manos. En realidad, eran dos unidades separadas con puertas idénticas de madera tallada y barnizada, una junto a la otra. La entrada del lado derecho era de la casa donde vivíamos, la del lado izquierdo era la de los Orsini. Tenía un angosto y largo corredor con un muro no muy alto lindante con nuestro patio. En el piso de baldosas del corredor, del lado opuesto al muro, habían sido dejados, seguramente por insistencia de Don Rómulo, tres lugares en que faltaban las baldosas y donde crecían sendos troncos de vid entrelazadas en una estructura de hierro horizontal. La frondosa parra atravesaba por encima del muro a una buena altura y cubría nuestro patio. Al final del corredor estaban los cuartos del lado derecho, el patio con una vieja higuera en el centro y una gran cocina del lado izquierdo. En el fondo había un gallinero y el taller de ebanistería de Don Rómulo donde, años atrás, había tallado las dos puertas.

Don Rómulo falleció en 1945 y fue velado en su casa. Sólo tenía cinco años, pero recuerdo que mis padres asistieron al velorio y no consiguieron impedir que entrase en el cuarto y viese por la primera vez un muerto. En el momento no me impresionó demasiado porque me pareció que estaba durmiendo, como ya lo había visto antes, pero cuando mis padres me explicaron que no lo vería más comprendí que algo muy grave e incomprensible había sucedido.

Después de la muerte de Don Rómulo, las condiciones de vida de los Orsini comenzaron a deteriorarse. Don Rómulo había seguido la receta de muchos otros inmigrantes, trabajar duro hasta reunir suficiente dinero para comprar una o más propiedades, construir una casa y transformarla en un inquilinato para poder vivir de los alquileres cuando ya no pudiese trabajar. Durante muchos años la familia disfrutó de una situación económica holgada porque, debido a la escasez de viviendas causada por las olas inmigratorias, los alquileres eran altos. Hasta que los gobiernos comenzaron a regular la libre negociación de los contratos. La sanción de la ley de 1949, que congelaba los alquileres por tres años, combinada con una inflación creciente, redujo los ingresos de los Orsini a un nivel de mera subsistencia. Aunque mis padres reajustaban voluntariamente el valor del alquiler y asumían todos los gastos de mantenimiento no era suficiente para compensar las pérdidas por la inflación. Pasaron muchos años en que mi contacto con los Orsini era mínimo. Se limitaba a entregar el sobre con el alquiler todos los meses a una de las dos hermanas y traer de vuelta el recibo. Ellas y la madre eran todo lo que restaba de la familia en esa casa, pero a la madre solo llegué a conocerla después del "acuerdo".

Cuando tenía unos dieciséis años uno de mis deseos era poder tener acceso a un teléfono, lo que no era tan sencillo por aquellos tiempos a no ser que se recurriese a algunas de las formas bien conocidas de corrupción. Era necesario esperar hasta una década o más desde la solicitación de una línea hasta que fuese concedida. Aunque con menos tiempo de espera, acontecía lo mismo con algunos autos, con las heladeras eléctricas y lavarropas. No teníamos muchas esperanzas de obtener una línea telefónica, pero habíamos recibido recientemente una flamante heladera de la marca Siam. Por otro lado, los Orsini tenían una línea telefónica desde los tiempos de la anglo-francesa Unión Telefónica, pero aún no tenían una heladera eléctrica. Un día de mucho calor Alicia, la hermana menor, nos preguntó desde el corredor si tendríamos algunos cubitos de hielo que nos sobrasen y le pasamos por encima del muro las dos cubeteras llenas, ofreciéndole que podría pedirnos más hielo en cualquier momento. Al día siguiente volvió a pedirnos cubitos, y como retribución agregó que, si precisásemos usar el teléfono, estaba a disposición… Así comenzó el "acuerdo". Nunca usábamos el teléfono para hacer llamadas, solo para recibirlas. En mi caso, y era el principal usuario, se trataba de llamadas de mis primos o de algunos compañeros de la secundaria.

Cuando recibí mi primera llamada telefónica entré a la cocina donde estaba el teléfono, un aparato del tipo "candelero" con el tubo del auricular suspenso de una horquilla lateral, y conversé rápidamente con un compañero que había faltado a clase el día anterior y me pedía algunas informaciones. Al desligar noté que las tres mujeres estaban reunidas. La hija mayor Olga, debería tener más de 60 años, la menor Alicia era algunos años más joven, ambas solteras. Junto a ellas, sentada en un sillón balanceante, estaba la madre, Doña Encarnación, a quien nunca había visto antes. Por los cálculos que hice más tarde debía tener por lo menos ochenta y seis años en aquella época y me pareció la persona más anciana que había visto jamás. Era extremamente delgada, prácticamente solo piel y huesos con cabellos grises muy crespos recogidos en la nuca. El rasgo que más me impresionó fueron sus ojos, cuyas órbitas eran tan profundas que había que hacer un esfuerzo para verlos, pero percibí que eran de un color azul muy oscuro. Como era muy frágil, hablaba con una voz cascada y débil y a veces era difícil entender lo que decía, pero andaba con la cabeza erguida y con relativa agilidad.

Después de usar el teléfono, agradecí la gentileza y ya me disponía a marcharme cuando tuve la impresión de estar actuando en forma poco delicada. Pensé que debía conversar con ellas algunos minutos antes de irme y no se me ocurrió nada mejor, ya que probablemente habían escuchado todo, que comentar sobre lo que había acabado de hablar con mi compañero que había faltado a las clases. Luego percibí que estaban ávidas por conversar y que ese era el motivo de la reunión en la cocina.

Sabían que, desde que comencé la escuela secundaria, viajaba todos los días al centro de Buenos Aires, cosa que ellas no hacían desde hacía mucho tiempo, y querían enterarse de las novedades. Todos los detalles eran importantes, donde almorzaba cuando tenía clase mañana y tarde, como era la comida, cual línea de tranvía tomaba para viajar. Las respuestas que les daba eran comentadas con asombro. Como que los tranvías estaban comenzando a desaparecer del centro y que los nuevos ómnibus tenían puertas que se abrían y cerraban automáticamente. O que había lugares para comer donde uno elegía lo que quería, se lo llevaba uno mismo a la mesa y al salir presentaba el tique en la caja… Doña Encarnación no hablaba mucho, pero las hijas, que querían que lo hiciese, la estimulaban para que contase alguna historia.

- Mamá, contá sobre el tranvía Lacroze…

- Si… el Lacroze…la gente tenía miedo de los caballos porque corrían mucho.

La escena se repetía siempre que era llamado al teléfono. Escuchaban atentamente y luego esperaban para que explicase mi conversación, lo que invariablemente conducía a una discusión de asuntos completamente diferentes. Una vez en 1958 la discusión derivó hacia la controversia entre la educación "laica o libre" que estaba en plena efervescencia y fue mencionado el nombre de Sarmiento. Olga la hija mayor, aprovechó la oportunidad para que la madre pudiese participar.

- Mamá, contá la historia del entierro de Sarmiento…

- Si…Yo ya era una señorita y mi papá me llevó a la Recoleta.

Luego recordó:

- Los granaderos estaban haciendo guardia y había mucha gente. Todos querían ver a Carlos Pellegrini que estaba haciendo un discurso.

Con voz pausada agregó:

- Después vino la revolución del parque…

Su expresión cambió…Con sus ojos mirando a un punto fijo del espacio comenzó a balbucear un relato de hechos que parecía estar viendo como si fuese una película.

- Los milicos estaban en el parque, pero los "boinas blancas" los sacaron a balazos. Estaban atrincherados y disparaban los fusiles desde las azoteas de las casas…

Después dijo con indignación:

- Pero, al final hubo un conchabo entre los políticos y fueron traicionados…

Cuando volví a mi casa fui directamente a buscar mi libro de historia argentina para confirmar las fechas. La revolución del parque, así llamada porque su foco principal fue el parque de artillería ubicado en lo que es hoy el palacio de los tribunales, estalló el 26 de julio de 1890, por tanto habían transcurrido 68 años… Fuerzas milicianas, los "boinas blancas" de la Unión Cívica, tentaron derrocar el gobierno del presidente Juárez Celman con ayuda de fuerzas militares sublevadas y, aunque fracasaron militarmente, Juárez Celman fue forzado a renunciar asumiendo la presidencia el vicepresidente Carlos Pellegrini.

Algunos años más tarde, cuando ya estaba estudiando en la universidad, recibimos por correo un aviso comunicando que nos habían concedido una línea telefónica que sería instalada en breve. Los términos del "acuerdo" habían, en realidad, caducado hacía tiempo porque los Orsini ya habían recibido la heladera eléctrica, pero yo continuaba usando el teléfono. Cuando fui a atender una llamada que, probablemente sería la última, estaba solo Alicia. Doña Encarnación que en esa época solo tenía breves períodos de lucidez dormitaba la mayor parte del día y Olga había ido a visitar un pariente enfermo a unas pocas cuadras de distancia. Después de atender el telefonema comenzamos, como siempre, a conversar sobre diversos asuntos y, no recuerdo por cual camino, acabamos entrando en el tema de los hijos únicos. Yo por ser hijo único me consideraba un experto en el asunto y no concordaba con los puntos de vista de Alicia. En algún momento la discusión me llevó a revelar un detalle que sorprendió a Alicia, conté que antes de mi nacimiento mis padres habían tenido otro niño que falleció una semana después de nacer. No sé si fue por esa revelación o porque presentía que esa sería nuestra última conversación que dijo:

- Esperá un poco, quiero mostrarte algo.

Salió de la cocina en dirección a uno de los cuartos volviendo con una caja llena de cartas y fotografías antiguas y extrajo un sobre dentro del cual había un recorte de un ejemplar del diario La Nación del año 1890. Estaba bastante amarillento pero la imagen era nítida. Mostraba un joven de barba y bigote,

usando una boina blanca y empuñando un rifle. Me pidió para sentarme y comenzó a relatar su historia. Doña Encarnación había crecido en una familia muy conservadora de estancieros y su padre, un dirigente político del Partido Autonomista Nacional llegó a ocupar un cargo importante en el gobierno de Juárez Celman. Había intentado varias veces casar a la hija con lo que consideraba buenos partidos, pero Encarnación no los aceptaba y ya estaba llegando los veinticinco años, una edad en que todas sus amigas ya estaban casadas. Una de ellas la convidó cierta vez para que la acompañe a una velada en el teatro donde fue presentada al joven de la fotografía y se enamoraron instantáneamente. Era abogado y pertenecía a la Unión Cívica, férrea opositora del gobierno y, por tanto, totalmente inaceptable como pretendiente de Encarnación a los ojos del padre.

Comenzaron a encontrarse en secreto y a hacer planos para el futuro. Todo dependía del resultado del levante que los jóvenes de Unión Cívica estaban planeando para derrocar el gobierno y que no tardaría en producirse. Aunque Encarnación amaba a su madre sentía un profundo desprecio por el autoritarismo de su padre y pretendía llevar adelante sus planos a pesar de la oposición de ambos. La revolución estalló el día 26 de julio de

1890 y al día siguiente el joven de la fotografía fue atravesado por un balazo de rifle. Fue llevado a un hospital de campaña que había sido instalado en una de las calles vecinas al parque, pero falleció horas más tarde.

- Martín. Hay algo más que no sabés – me dijo Alicia.

Luego agregó:

- Olga y yo no somos hijas del mismo padre. El padre de ella fue aquel joven de la foto.

La historia de los Segal

Recuerdo claramente aquel día del mes de agosto de 1945, cuando tenía cinco años, en que jugando con una pelota de goma en el patio de mi casa escuché la radio anunciar que habían lanzado una bomba atómica. Naturalmente no sabía el significado de esa palabra, pero por la repercusión que tuvo la noticia entre las personas de la casa y también fuera de ella, imaginé que "atómica" debía significar algo superlativo. Pocas semanas después, acabó la guerra y comenzó la "era atómica". Los debates sobre la real necesidad del lanzamiento, los efectos de la radiación y el peligro de una guerra nuclear sólo comenzaron muchos años más tarde. En aquel momento la nueva era fue anunciada como un salto histórico de la humanidad, algo semejante a la llegada de la era industrial con el invento de la máquina de vapor…

La "era atómica" no se hizo esperar para llegar a nuestras tierras, pero, al principio, sólo en forma jocosa. Había bares atómicos, lapiceras atómicas, un jugador de futbol era conocido como "el atómico" …No faltaba hasta quien llamase atómicos a los calzoncillos conocidos como anatómicos... Uno de los tantos bares con el nombre "El atómico" estaba a algunas cuadras de mi casa. Era del tipo en que, excepto por algunos bancos altos junto al mostrador, los clientes consumían sus pedidos en pie o simplemente salían andando con ellos. A los 10 años ese bar tenía para mí un atractivo especial debido a otra de las "novedades" de la "era atómica", la licuadora… Las primeras unidades invadieron los bares por aquella época y luego me torné adicto a los licuados de frutas. Pero los recuerdos más marcantes de aquellos años de posguerra nada tienen que ver con la "era atómica".

Fueron años de gran angustia principalmente porque los horrores del Holocausto estaban comenzando a ser ampliamente divulgados. Casi todas las familias judías tenían familiares próximos de quienes no habían tenido noticias por casi seis años y comenzaron a perder las esperanzas de que estuviesen con vida…, pero había sobrevivientes. Hubo un gran alborozo cuando mi madre recibió la primera carta de su hermano menor que había conseguido huir de su pueblo en Polonia siguiendo a las tropas soviéticas que, por un acuerdo de última hora con los nazis, de quienes eran aun formalmente aliados, estaban abandonando la región. Acabó siendo enviado a un campo de trabajo en Asia Central, pero consiguió sobrevivir y se encontraba en un centro de refugiados en Alemania desde donde esperaba inmigrar a los Estados Unidos. Mi padre también recibió noticias de uno de sus primos que había conseguido sobrevivir uniéndose a un grupo de partisanos que, más tarde fue incorporado al ejército soviético, y había conseguido entrar a Palestina, aun bajo mandato británico.

Se habían formado en Buenos Aires federaciones de residentes donde las familias concurrían para recibir noticias sobre sus paisanos en Europa y eran divulgada por un comité norteamericano conocido como "Joint" que enviaba informaciones a las federaciones. En el local de la federación se realizaban también kermeses, con el fin de recaudar dinero para los refugiados, que hacían las delicias de los niños. En el patio de la federación instalaba se una larga tabla cubierta por un mantel y montada sobre caballetes que servía como mesa y estaba cubierta con bandejas de comidas donadas por los paisanos. En el piso siempre había un barril lleno de hielo conteniendo bebidas que los chicos exploraban ávidamente buscando las botellas de "naranjín", que eran las bebidas gaseosas favoritas de los niños en aquellos años anteriores a la popularización de la Coca-Cola.

Además, eran realizadas conferencias y exposiciones. Fue en una de esas exposiciones donde, a pesar del esfuerzo de mis padres para mantenerme fuera de la sala, pude entrar y ver expuestas por primera vez algunas de las trágicas fotografías de los campos de concentración que habían llegado recientemente.

Las informaciones provenientes del Joint permitieron reestablecer contactos perdidos entre algunos parientes y contribuyeron para que dos familias del pueblo de mis padres consiguiesen inmigrar a la Argentina. Una de ellas era la familia Resnick, formada por un matrimonio y dos hijos adolescentes. La otra era formada por el matrimonio Segal, la hija Sara y su esposo Witold.

Existía por aquella época la costumbre de convidar a los recién llegados a las casas de los paisanos del pueblo donde describían las desdichas que habían sufrido durante la guerra, cómo habían conseguido salvarse y a veces alguna nueva información sobre personas cuyo paradero se ignoraba.   Mis padres, por parentescos distantes, tenían mayor afinidad con la familia Segal a quienes invitaron a casa poco tiempo después de su llegada. El señor Segal y su esposa debían tener alrededor de sesenta años y solo hablaban Yiddish, Sara y Witold, cuyo nombre completo era Witold Zebrensky, también hablaban Yiddish con los Segal, pero entre ambos sólo lo hacían en polaco fluente. Sara era bonita, tenía una cara redonda con un corte de cabello casi masculino y fumaba constantemente. Witold debía tener unos cuarenta años, de tez bronceada, nariz recta y ojos claros. Su estatura era mediana, pero tenía un porte atlético. Sus cabellos muy negros y lacios estaban divididos por una línea lateral desde donde se dirigían geométricamente para un lado de la cabeza o el otro. Cuando sonreía mostraba unos dientes muy blancos levemente separados.

Los Segal habían vivido en el pueblo de mis padres hasta que Sara cumplió trece años, cuando decidieron que debía continuar sus estudios en una escuela secundaria de la ciudad de Lublin, que era la capital de la región, y para allí se mudaron. Varios años más tarde Sara conoció a Witold en la universidad y poco tiempo después estalló la guerra.

Cuando nos visitaron relataron que durante la guerra se habían refugiado por un tiempo en una granja en una región de difícil acceso, bastante alejada de la aldea más próxima. Los campesinos que habitaban en la granja los alojaron en un galpón abandonado y los alimentaron hasta que se levantaron sospechas en la aldea y tuvieron que huir para otro escondite, que tampoco duró mucho tiempo. El haber conseguido transformar a tiempo todos sus bienes en joyas y piedras preciosas fue lo que permitió que pudiesen ocultarse hasta que la guerra acabó.

Aunque los Segal tuvieron inicialmente algunas dificultades de adaptación al nuevo estilo de vida en Buenos Aires, esa situación no duró mucho tiempo. En pocos años después de su llegada ya habían logrado una buena situación económica. Montaron una empresa de pintura muy bien conceptuada con clientes que incluían particulares y también algunas empresas importantes. Además de administrar su empresa, Witold fue nombrado presidente de una cooperativa de crédito donde tomaba todas las decisiones importantes y supervisaba el trabajo de numerosos empleados. Sin duda, la vida había les había enseñado la importancia de saber tomar riesgos bien calculados y los Segal habían aprovecharon bien esa lección.

Creo que tenía unos 15 años cuando, por acaso, escuché por primera vez, con gran asombro, una insinuación acerca de la dudosa veracidad de la historia que los Segal contaban sobre su pasado durante la guerra. En poco tiempo, en las reuniones familiares, las insinuaciones se habían transformado en acusaciones y la actitud de los paisanos con relación a los Segal comenzó a cambiar. Primero, fueron dejando de ser invitados a las casas, luego ocurrió lo mismo con casamientos y otras celebraciones. Mas tarde los efectos se hicieron sentir también fuera del grupo de paisanos, cuando Witold no consiguió ser reelecto como presidente de la cooperativa y fue prácticamente expulso de la institución.

Conseguí enterarme que las acusaciones provenían de otro sobreviviente originario de Lublin que decía conocer a Witold y afirmaba que no era judío y que durante la guerra había colaborado con os nazis. De acuerdo con esa versión, Witold había conocido a Sara en la universidad y se habían enamorado, pero sus padres se negaban a aceptar que Sara continuase su relación con él. Cuando estalló la guerra y los nazis comenzaron su despiadada persecución a los judíos Witold ofreció una casa vacía heredada de sus padres, como escondite para los Segal que, sin otra vía de escape, se vieron forzados a aceptar. Witold pasó a vivir en la casa, junto con los Segal, asegurando que no faltase comida y otros menesteres y usando un elaborado ritual para evitar sospechas de los vecinos.

Las actividades de Witold fuera de la casa, al principio, no eran conocidas por los Segal, que suponían que continuaba trabajando en la misma compañía aseguradora en que lo hacía antes de la guerra, pero cuando comenzó a ser cuestionado por Sara sobre algunas actitudes sospechosas acabó confesando la verdad, que agentes nazis se habían aproximado a él ofreciéndole dinero y otros beneficios a cambio de su colaboración como informante y él había aceptado. Su misión consistía en infiltrarse en los grupos de resistencia polacos para identificar sus miembros y pasar la información para sus superiores.

¿Cuál de las dos versiones sería la más verosímil? Por su fisonomía Witold no parecía judío en absoluto, su nombre no era judío sino polaco, a diferencia de los paisanos del pueblo, hablaba polaco fluentemente sin ningún acento y, finalmente ¿de dónde había salido el dinero para la empresa que los Segal habían montado sin ayuda externa? Todo apuntaba en la misma dirección…

Los Segal acabaron siendo condenados al ostracismo por sus paisanos, pero, curiosamente, había algunas sutilezas. El Señor Segal y su esposa no eran tratados con el mismo rigor que Witold y Sara. Una noche en que mis padres asistieron a una conferencia de un conocido periodista se encontraron en el vestíbulo del auditorio con el Señor Segal y su esposa, se saludaron y conversaron un buen tiempo. Algunos otros paisanos presentes siguieron el ejemplo y también hicieron lo mismo al encontrarlos.

Pasaron algunos años y, cuando tenía unos 16 años, recibimos un día la noticia que el Señor Segal había fallecido. Mis padres decidieron que irían al cementerio para el entierro y combinaron para ir juntos con otros paisanos, que por su vez habían combinado con otros…Finalmente buena parte de las familias del pueblo estaban representadas. El lugar del sepultamiento estaba bastante distante y había una larga caminada. Existía en el cementerio un área mucho más cercana y bien ubicada, que estaba reservada para el sepultamiento de sobrevivientes del holocausto, pero las autoridades del cementerio, tal vez debido a las historias que circulaban, no le concedieron ese privilegio al Señor Segal.

El grupo de personas anduvo el largo camino con el rabino al frente acompañando el cuerpo del Señor Segal y leyendo de un libro de oraciones. Cuando llegaron al sitio designado la sepultura ya estaba preparada y el rabino procedió a la lectura de las oraciones, después el féretro fue descendido hacia el fondo de la sepultura.

Concluida la ceremonia el rabino preguntó, como suele acontecer, si alguno de los presentes deseaba pronunciar algunas palabras en memoria del fallecido. Hubo un momento de indecisión ya que parecía no haber nadie que hubiese preparado un panegírico, pero luego aconteció algo inesperado que dejó a todos perplejos. Witold, con la cabeza cubierta por una iarmulka negra, dio un paso al frente y ubicándose al pie de la sepultura comenzó a entonar en hebreo, con gran sentimiento, el famoso Salmo 23 llamado Mizmor Le David. La emoción fue tan grande que pocos pudieron contener las lágrimas…

Después de ese episodio todos comprendieron que aquella historia sobre el pasado de Witold debía ser una calumnia y, efectivamente, al poco tiempo se descubrió que quien la propagó fue un cliente de la cooperativa que odiaba a Witold por haberle negado la concesión de un crédito.

Muchos años después en 1967, cuando ya había emigrado de Argentina, falleció mi padre y con dificultad conseguí volver a tiempo para el entierro. Me sorprendí cuando en el cementerio vi acercarse una figura que me pareció conocida. Estaba muy cambiado, su cabello completamente blanco y muy obeso, pero lo reconocí…era Witold. Me dio la mano ofreciéndome sus condolencias y me dijo:

- ¿Sabés una cosa Martín? Tu papá fue el único que nunca dejó de creer en mi palabra…

El negocio

A los 10 años me había enamorado de Rita Hayworth y algunos años después le tocó el turno de Audrey Hepburn. En aquellos años asistía a aula todas las tardes en una escuela israelita lo que me obligaba a apartarme temporariamente de mis amigos, pero en cambio, me permitía explorar sitios diferentes de los usuales. A la salida de la escuela, andaba un par de cuadras hasta el local donde mi padre tenía su negocio de ropas, en la calle Canning, y más tarde volvía a casa junto con él, bastante cansado ya que por la mañana asistía a la escuela pública.

Canning era la calle más comercial de Villa Crespo y estaba dividida en dos sectores bien definidos. Desde la calle Córdoba hasta Castillo los dueños de los locales eran predominantemente inmigrantes árabes y desde Castillo hasta Corrientes los propietarios eran casi todos inmigrantes judíos. Mi padre me explicó que había también judíos árabes, pero no llegué a entender bien esa aparente contradicción.

Desde que salía de la escuela hasta que cerraban el negocio, como máximo un par de horas, llegaban personas que poco tenían que ver con las actividades comerciales, frecuentemente sólo entraban para conversar, tomar unos mates o leer el diario. Tampoco formaban parte del círculo de amigos íntimos o parientes de mis padres y para mí eran desconocidos. Mi padre rotulaba a todos ellos de acuerdo con la región de Europa de donde provenían especialmente: Lituania, Besarabia y Galitzia. Cuando eran de otras regiones no le parecía necesaria una distinción especial, excepto cuando eran oriundos de Varsovia. Mi padre creía firmemente que esas categorías completamente determinaban lo que las personas hacían o pensaban. Junto con su socio, un primo solterón, que vivía en un departamento que se comunicaba con el local por una puerta en el fondo, dividían todas las tareas del negocio.

Ocasionalmente, cuando no tenía nada más interesante para hacer, buscaba la compañía del "litvak", un chico de una casa vecina que llamábamos así porque sus padres eran judíos de Lituania, pero la diferencia entre él y los amigos de la cuadra donde yo vivía era tanta que no teníamos mucho en común. Me interesaba más oír las historias de las personas que entraban para conversar. Como el Señor Rabinovitch, oriundo de Besarabia que, haciendo honor a su origen, de acuerdo con la teoría de mi padre, tenía como tema predilecto las comidas y bebidas. Era un señor alto y calvo, robusto, de cara grande y roja con un grueso bigote negro, que siempre vestía traje y corbata y fumaba pipa. Su especialidad era la preparación del arenque, que describía con gran detalle trayendo una nueva receta cada vez que aparecía.

Otro personaje peculiar que frecuentaba el local era un sastre oriundo de Galitzia, que me recordaba al actor John Garfield de las películas de gánsteres. Era bajito, caminaba con los brazos flexionados en los codos balanceando los antebrazos y los hombros como si estuviese boxeando y era llamado, con toda propiedad, "el guapo". Su sastrería, donde pocos años después, confeccionó mi primer traje de pantalones largos tenía ese mismo nombre en la vidriera pintado en letras doradas. En realidad, el guapo no entraba efectivamente al negocio, sino que hablaba a los gritos desde la puerta, pero, como su tema favorito eran las mujeres, y usaba un lenguaje no muy pulido sin importarse mucho por mi presencia, mi padre hacía lo posible para que se calle.

Un día en el mes de abril 1951 mi escuela recibió una visita inesperada que causó bastante conmoción. De pronto veo un gran tumulto en el patio y una señora entra a mi sala junto con una comitiva. Era Golda Meir, entonces ministra de trabajo de Israel, que estaba en Buenos Aires en misión oficial y nos hizo una visita. Se acerca al maestro y dialoga brevemente con él. Luego, para mi gran sorpresa, el maestro apunta para mí y me llama para pasar al frente de la sala. Imaginé que llamaría a alguno de los chicos más aplicados para recitar algún poema o algo así. Yo no me distinguía por mi aplicación, pero tenía muy buena memoria y el maestro sabía de eso. En una emergencia donde no había posibilidad de ensayar con anticipación, probablemente pensó que podría sacarlo del apuro.

Parado en frente de toda esa gente aguardo sin saber qué iría a acontecer, hasta que finalmente hacen silencio. El maestro cuya intención era hacer alarde de los conocimientos que habíamos adquirido, me pregunta:

- ¿Qué respondió Rabi Meir Baal Hanés cuando sus colegas rabinos lo criticaron porque algunos paganos idólatras asistían a sus sermones y el los trataba con la misma deferencia que a los judíos?

- "De la granada se aprovecha el interior de la fruta, la cáscara es descartada" - Respondo en hebreo, de la forma como lo había memorizado.

Veo que Golda se acerca sonriente, me da unas palmaditas en la mejilla y luego se despide del maestro y de los niños.

Cuando volví al negocio de mi padre, donde como de costumbre había algunos visitantes, conté como la cosa más normal, lo que había pasado en la escuela y se produjo un gran alboroto. Todos querían saber más detalles, ¿Quién estaba con Golda?, ¿Había periodistas?, ¿Hablaba sólo hebreo o también Yiddish? ...En poco tiempo se entablaron acaloradas discusiones entre los apoyadores del partido de Golda y simpatizantes de la oposición del partido de la derecha que tuvieron que continuar en la calle pues había que cerrar.

Los viernes por la tarde, por respeto al Sabbat, salíamos de la escuela un poco más temprano y al llegar al negocio casi siempre estaba el Señor Tabak. Tenía un taller de costura a poca distancia del negocio y cuando acababa su trabajo venía para conversar y tomar unos mates. Tendría en aquella época unos 55 años y su cabello ya era totalmente blanco, era alto, muy delgado con ojos color azul muy claro, nariz recta y labios expresivos que a menudo sonreían con cierta dulzura. Cuando llegaba había que cambiar la yerba y eliminar el azúcar porque sufría de diabetes. En el lenguaje común de aquellos tiempos los paisanos de mis padres solían llamar a la diabetes simplemente "azúcar". Decir que alguien tenía azúcar significaba que era diabético. Todos sabían, por ejemplo, que el Señor Tabak tenía "azúcar" pero, me costaba entender que eso pudiese llegar a ser alguna cosa seria, ya que el único efecto visible en el Señor Tabak era tal vez su sonrisa...

El Señor Tabak tenía una única hija, llamada Perla, que había llegado de Europa con sus padres cuando era pequeña y hablaba castellano sin acento como si fuese nativa. Era muy bonita, esbelta, con cabellos castaños suavemente ondeados y había heredado los rasgos de su padre, inclusive la sonrisa. Para mí, que en aquella época investigaba la posibilidad de que existiera en Buenos Aires alguna réplica en carne y hueso de Rita Hayworth, Perla satisfacía casi todos los requisitos. Algunos años antes se había casado con Leo, el hermano menor de una paisana del pueblo de mis padres, y vivían con un hijo pequeño en el piso superior de una casa en la calle Canning, cuya planta baja era ocupada por un negocio perfumería. En aquellos años las visitas de amigos o familiares eran mucho más comunes que en los días actuales, como pocos tenían teléfono los visitantes llegaban generalmente sin aviso, pero nadie llegaba a incomodarse por eso. Otra manera más discreta era avisar mediante un tercero la intención de hacer una visita. Mis padres se reunían todos los fines de semana con un grupo de paisanos provenientes del mismo pueblo de Polonia para contar historias y jugar a las cartas y antes de despedirse ya era combinado en casa de quién sería el próximo encuentro.

Leo también había nacido en Polonia y había llegado a Argentina junto con su hermana cuando era niño, pero, a diferencia de Perla, hablaba castellano con un leve acento. Trabajaba como corredor de una importante fábrica de tejidos y se hablaba de sus buenas comisiones que le habían permitido comprar un automóvil. Por la naturaleza de su trabajo, o tal vez por su propia naturaleza, andaba siempre elegantemente vestido y tenía muchos amigos con quienes se reunía en algunos de los cafés de la calle Corrientes, donde algunas veces lo había visto sentado.

No recuerdo bien la ocasión en que percibí que la sonrisa de Perla había cambiado…Creo que estaban jugando a las cartas cuando lo noté por primera vez. Cuando le hablaban sonreía, pero luego la sonrisa desaparecía abruptamente. Un tiempo después otro episodio llamó la atención del grupo de amigos, cuando estaban reunidos en la casa de Perla, ya bastante avanzada la noche Leo pidió disculpas y se marchó diciendo que tenía una reunión importante. La sonrisa de Perla no volvió a aparecer esa noche y entendí que quien provocaba su tristeza era Leo. Para mí era incomprensible que alguien pudiese actuar de esa forma con alguien como Perla, eso no acontecía con Rita Hayworth... Más tarde llegué a oír comentarios del Señor Tabak que confirmaban lo que ya sabía, conversando con mi padre le confesó entristecido que el yerno salía casi todas las noches dejando a Perla sola en su casa.

Una tarde, después de cerrar el negocio, nos cruzamos con Perla que estaba saliendo del almacén y al verme me dijo:

- Martín, avisale a tu mamá que mañana por la mañana le voy a hacer una visita.

Mi madre era considerada por sus amigas como la experta en moda femenina porque cosía sus propias ropas y tenía una gran colección de moldes que compartía con ellas. Perla había comprado un corte de tejido y a alrededor de las 10 de la mañana llegó a casa para recibir algunas orientaciones sobre un futuro vestido, como era sábado yo estaba en casa y pude ver como ambas entraron en la cocina y cerraron la puerta, lo que me impedía escuchar lo que hablaban, pero podía ver a través del vidrio cuando quería hacerlo. Tratando de no levantar sospechas simulaba que estaba haciendo alguna tarea para la escuela y espiaba de vez en cuando. Noté que al principio hojearon revistas de modas e inspeccionaron algunos moldes, pero luego dejaron esas cosas de lado y comenzaron a conversar acaloradamente y, por primera vez, vi a Perla llorando…

Pasaron más o menos dos años desde aquella reunión en la cocina cuando, con 13 años, ya había entrado en la fase de enamoramiento de Audrey Hepburn. Un día veo que la puerta de la cocina está de nuevo cerrada, pero ahora son mis padres que están conversando acaloradamente y cuando entro la conversación se detiene abruptamente.

- ¿Qué pasó? - pregunto asustado.

- Nada, no son cosas para chicos - responde mi padre.

Pero, mi madre, que se consideraba una mujer progresista, viendo que continuaba asustado me dice:

- Leo está en la comisaría, fue preso.

- ¿Leo? ...? ¿En la comisaría...? ¿Porqué?

- Es complicado de explicar... Lo encontraron haciendo cosas indecentes.

- ¿Qué cosas? - pregunté.

- Leo es un "sodomita"- fue la respuesta.

Nunca había oído esa palabra antes y me sorprendió que mi madre la usase con tanta familiaridad, pero sospechando que seguramente era algo embarazoso hice un gesto de asentimiento con la cabeza y fui para mi cuarto. Allí procuré inmediatamente el diccionario y, como ya tenía edad suficiente para eso, comprendí todo...

Por mucho tiempo continuó mi curiosidad por saber cómo mi madre había descubierto el significado, no estrictamente bíblico, de aquella palabra hasta que encontré lo que parecía la solución del misterio. En una gaveta, en la mesa de luz de su dormitorio, me deparé con una antigua edición de una novela en cuyas páginas iniciales había una breve biografía del autor. Allí constaba la palabra que mi madre había usado. El autor era Oscar Wilde...

El muelle

Es bien sabido que el sentimiento de culpa es una de las experiencias emocionales que más perduran, una vez que se instala puede permanecer por toda una vida. Soy especialmente vulnerable a ese sentimiento que ya me acometió varias veces. No el tipo de culpa que aparece como resultado de un acto cuyo propósito es causar un daño físico o moral, como el de Lady Macbeth, sino que el tipo más familiar. La sensación que resulta de haber hecho algo que no debía, o de haber dejado de hacer algo que debía haber hecho.

Cuando falleció mi madre me aconteció, aunque no por primera vez. Sentí que, por haber emigrado, dejé de hacer lo que debía, no estuve junto a ella en buena parte de sus últimos años, cuando más me precisaba, y cuando sólo contaba con ayuda de algunos amigos.

Cuando algún tiempo después falleció mi mejor amigo la culpa me acometió, esta vez por haber hecho algo que no debía. Cuando éramos adolescentes y aprendí en la escuela secundaria a fumar aspirando el humo, insistí en enseñarle a hacerlo. Como la primera reacción es siempre de malestar no quiso continuar, pero yo insistí alegando que en poco tiempo se acostumbraría. No tardó mucho en llegar a fumar dos o más paquetes diarios y tuvo su primer infarto de miocardio cuando todavía era joven. Continuó fumando de la misma manera hasta que tuvo un segundo infarto y falleció poco tiempo después víctima del tabaquismo.

Pero el sentimiento de culpa más prolongado, porque me acometió cuando aún era niño y me acompañó durante casi toda la vida, comenzó con el episodio del muelle. Debido a su desenlace inesperado conviene narrarlo con más detalle.

En los años 50 mis padres acostumbraban a veranear viajando para algún lugar en las sierras y, más tarde, a las playas. Los primeros viajes que recuerdo fueron a las sierras de Córdoba. Cosquín, La Quebrada, Mina Clavero, La Falda, Capilla del Monte…Eran los lugares favoritos. Más tarde comenzaron los viajes a la costa atlántica, más precisamente Mar de Ajó. ¿Por qué eligieron esa playa?, tal vez por el mismo motivo que decidieron emigrar de su pueblo en Europa para Buenos Aires y no para Nueva York, Río de Janeiro o San Pablo. Algún paisano fue llevado por el destino para ese lugar y luego los otros fueron siguiendo sus pasos…Vale la pena aclarar que un viaje a Mar de Ajó a comienzos de la década del 50 era una verdadera aventura.

El ómnibus de la empresa Río de la Plata partía de Plaza Once en el horario establecido, pero la hora de llegada y a veces ni siquiera la fecha de llegada eran garantidas. La primera parte del viaje era bastante normal y podía ser por la Ruta 2 con paradas en lugares como Chascomús y Dolores, o por la Ruta provincial 11, pasando por Magdalena y Punta del Indio. Al llegar a Dolores por la Ruta 2 ocurría el desvío hacia la actual autovía 63 hasta llegar a su confluencia con la Ruta 11. A partir de ahí, había un único camino y era de tierra. Comenzaba la verdadera aventura. Bastaban algunos milímetros de lluvia para que se transformase en un lodazal donde los ómnibus quedaban atollados, a veces de tal manera, que era necesario esperar la llegada de un tractor para poder continuar el viaje y, en algunos casos había que pernoctar en el ómnibus hasta la llegada del tractor. Los pasajeros ya estaban preparados para esas eventualidades, llevaban comida, agua y almohadas. Los conductores también iban preparados con palas y bolsas de arena para enfrentar emergencias menores.

Cuando acababa el camino de tierra y se llegaba a San Clemente del Tuyú comenzaba la segunda fase de la odisea, ya que por el resto del transcurso el ómnibus debía transitar sobre la arena de la playa, bien junto al mar donde era húmeda pero firme. Eso significaba que se estaba a merced de las mareas y muchas veces había que esperar hasta seis horas antes de emprender el viaje.

El hotel donde nos hospedábamos era una especie de chalé de dos pisos bastante agradable, donde se servían, como era costumbre en esa época, tres comidas diarias para un número relativamente pequeño de huéspedes, tal vez unas quince familias. Muchos se conocían porque volvían todos los años para el mismo hotel y yo, que debería tener unos doce años, ya había hecho amistad anteriormente con algunos chicos y chicas de mi edad. Ninguno tenía la formación callejera que yo tenía, pero hacía lo posible para adaptarme al grupo. Les gustaba jugar a la canasta uruguaya, hablaban sobre música clásica y de vez en cuando usaban alguna palabra en inglés, sobre todo las chicas. No era el tipo de cosas que a mí me interesaba en aquella época...

Por otro lado, hice lo posible por incorporar a nuestro grupo al galleguito Manolete, que era sobrino del dueño del hotel y había llegado de Pontevedra a los cinco años. Después de cumplir sus tareas, ayudando en la cocina, quedaba libre y siempre lo buscaba para charlar. Fue Manolete quien me enseñó las reglas del truco, que comenzó a gustarme. Principalmente por la forma exaltada como cantaba el envido, el truco y la flor. Esta última acompañada a veces por algún verso de tipo:

Por el Río Paraná
viene navegando un piojo
con un hachazo en un ojo y
una Flor en el ojal...

Como disfrutaba de la compañía de los chicos y también de las chicas, hacía lo posible para envolverlos en algunas actividades que a mí me atraían, como hacer expediciones por las dunas de arena desiertas que se extendían partiendo de la playa por kilómetros hacia el interior, o en otra de mis favoritas que era ir a la playa por la tarde, llevando una pala y un balde y arrancar de la arena las almejas blancas gigantes, que había en aquella época en gran abundancia. A veces, pero no siempre, conseguía que el grupo me acompañe en esas expediciones.

Sin embargo, la actividad que más me atraía y que siempre estaba dispuesto a practicar era la pesca con "mediomundo" en el muelle ubicado sobre la playa a más o menos un kilómetro del hotel. Ya lo había hecho una vez con un mediomundo emprestado y atrapado una lisa infeliz que tuvo la mala suerte de enroscarse en la red metálica circular.

Como ya conocía el terreno, tuve la idea de hacer una nueva excursión de pesca al muelle, pero incluyendo a los chicos y chicas del grupo del hotel. En primer lugar, hablé con Manolete que aceptó de inmediato y, con mucho entusiasmo, me ayudó a convencer a los otros. Cuando explicó que conseguiría dos mediomundos y que cada uno tendría un tiempo para tentar suerte y tal vez pescar una lisa, los otros comenzaron a animarse. Al punto de convencer a sus padres para que los dejen ir, pero como no todos lo consiguieron, el número de participantes se redujo para cinco: Julia, Betty, Manolete, yo y otro chico.

Un viernes después del almuerzo cargamos los dos mediomundos y comenzamos nuestra caminada hacia el muelle. En aquella época era un espigón de hormigón armado de unos 70 metros de largo por 2 o 3 metros de ancho sin barandas con sólo una pequeña elevación en los bordes donde se podía apoyar la vara del mediomundo sirviendo como punto de apoyo para izarlo. Había un grave problema, la escalera de madera que permitía subir al muelle, aunque con barandas, tenía un ancho de sólo 70 cm ocupando una pequeña fracción del ancho del espigón. A ambos lados de la parte superior de la escalera el espigón acababa en el vacío.

La pesca no estaba buena esa tarde y después de "colar agua" durante unas tres horas emprendimos el regreso. Julia estaba algunos metros delante de mí caminando distraída cerca del borde del muelle en dirección a la escalera, tal vez pensando que iría a desembocar en ella, pero, cuando llegó al fin del espigón, como la escalera era mucho más angosta, cayó al vacío de una altura de más de cuatro metros. Para agravar el accidente, no cayó sobre la arena de la playa, sino que sobre unos hierros retorcidos que había en la base de los pilares.

En ese momento pensé que el mundo se desplomaba sobre mí. Corrí hacia abajo pero no pude acercarme por la cantidad de gente que había alrededor de Julia, pero percibí que felizmente estaba viva. Fue transportada en un auto hasta el hotel y cuando llegué, más tarde, estaba en su cuarto sedada y el médico no permitió ninguna visita. Al día siguiente supimos que había fracturado el fémur de una de las piernas y precisaba una operación de urgencia. Mi sentimiento de culpa era abrumador…No deseaba encontrarme con nadie, especialmente con los padres de Julia, porque me parecía que todos apuntaban hacia mí como el responsable por el accidente.

La tarea de los padres para conseguir una manera de transportar a Julia a Buenos Aires con urgencia fue ardua. El transporte terrestre debía ser descartado, no existían helicópteros en aquella época y no había aeropuertos que permitiesen el aterrizaje de un avión. Finalmente, una pequeña avioneta monomotor consiguió aterrizar en la arena de la playa y consiguieron transportarla.

Cuando volvimos a Buenos Aires, a pesar de mi temor de oír reproches culpándome por lo ocurrido, llamé por teléfono a la casa de Julia y me atendió la madre. No percibí ningún indicio de reproche, me agradeció por llamar y me dijo que Julia estaba internada en la clínica Bazterrica, que ya había sido operada y que estaba bien, pero que precisaría de nuevas cirugías futuramente porque sus huesos todavía estaban creciendo.

Sentía obligación de ir a la clínica para visitarla, pero estaba entrando en un período de timidez juvenil absoluta en que huía de todos y, sumado al temor a los reproches por considerarme el culpable del accidente, acabé huyendo también de esa obligación. Mi culpa ahora era doble, haber sido la causa del accidente y haber huido. Estaba resignado a cargar ese sentimiento por el resto de mi vida hasta que aconteció algo inesperado.

Por uno de esos caminos tortuosos del destino volví a encontrarme con Julia, ni más ni menos que sesenta años después. Estaba ocurriendo en Buenos Aires una conferencia internacional sobre "La enseñanza en la era de la cibernética", donde me había inscripto como participante. Una tarde, durante un intervalo entre dos sesiones, estaba tomando un café en el vestíbulo a la entrada del auditorio cuando veo acercarse una señora de unos setenta años que, poniéndose los anteojos, mira fijamente hacia la tarjeta de identificación en mi solapa y me dice:

- Discúlpeme, vi su nombre en la lista de inscriptos y quería hacerle una pregunta –

- Si, cómo no… ¿De qué se trata?

- ¿Usted no es aquel Martín Wolfenson que iba a Mar de Ajó, al hotel Las Margaritas?

- Si soy yo - Respondo intrigado.

- Pero Martín…! ¡Después de tantos años!... Yo soy Julia…

Instintivamente bajé la vista para observar su pierna, pero recordé que no había notado nada extraño cuando llegó caminando y respiré aliviado. Después de actualizar los detalles de nuestras vidas y recordar nuestras aventuras en Mar de Ajó, me armé de coraje y le dije:

- ¿Sabés Julia que hasta hoy tengo un sentimiento de culpa por el accidente del muelle?

La respuesta de Julia me dejó atónito:

- Pero ¿cómo?… ¿Vos estabas en el muelle el día del accidente? Estaban Manolete y otros dos chicos, pero no me acuerdo bien quienes eran.

Luego agregó:

- Fue Manolete quien organizó todo…Habló con mis padres y los convenció para que me dejasen ir y después consiguió que el tío lo dejase llevar los dos mediomundos…

Incrédulo por lo que había oído, no conseguí más concentrarme en lo que Julia hablaba. Intercambiamos números telefónicos, prometimos mantener contactos y después nos despedimos. La nueva sesión de charlas estaba comenzando.

El jactancioso

Algo que en mi casa nunca toleraron fue el afán de alardear. Mi padre nunca alardeaba y siempre se quejaba de los jactanciosos, pero mi madre se quejaba aún más, a pesar de que ella era jactanciosa. Se jactaba, entre otras cosas, de ser buena cocinera, lo que en cierta medida era verdad, pero sus alardes no disminuían ni siquiera cuando lo que preparaba era una sopa instantánea, de las que vienen en sobres de aluminio…Lo que no toleraba era la jactancia en los otros.

También se jactaba de su hijo. Aunque no recuerdo que alguna vez me haya elogiado personalmente, en sus últimos años llevaba en su cartera todo tipo de informaciones referentes a mi carrera para mostrar a quien quisiese ver. En realidad, hacer alarde de los hijos no era considerado reprensible porque muchos padres lo hacían sin ser personalmente jactanciosos. Pero para mi madre, jactarse de mí o jactarse de sus habilidades personales eran dos cosas casi equivalentes.

A pesar de las contradicciones de mi madre, esa aversión a la jactancia hizo efecto en mí. Con el tiempo comencé a sentir, siempre que no detectase falsa modestia, gran admiración por las personas que tenían suceso sin alardear. Recuerdo haber participado en los años 70 de un congreso científico en que el número de participantes limitado intencionalmente para permitir una más eficiente troca de ideas. Era un lugar bastante aislado donde los participantes permanecían prácticamente enclaustrados durante cuatro días asistiendo a conferencias en un único auditorio. Como siempre acontece, un pequeño grupo no dejaba de participar en ninguna de las discusiones, a veces criticando duramente algún argumento del conferencista. En realidad, estaban actuando de acuerdo con el objetivo del congreso que era promover el intercambio de ideas a través del debate, pero, claramente, no era para ellos el único objetivo. A cada intervención en que procuraban capturar la atención de los participantes acababan encontrando una manera, frecuentemente no bien disimulada, de exhibir sus conocimientos. En el fondo del auditorio notaba diariamente la presencia de un señor que tomaba notas, pero nunca participaba de los debates verbales, aunque lo veía conversar en los intervalos. Sabía quién era, ya que había estudiado alguno de sus trabajos, y comprendía que sus conocimientos eran probablemente mucho más profundos que el de los eternos polemistas que monopolizaban el micrófono. Algunos años después tuve una gran alegría al enterarme que había ganado un Premio Nobel.

Por un buen tiempo, personajes de ese tipo fueron mis héroes favoritos, pero más tarde, principalmente por necesidad de sobrevivencia, pasé a ser menos radical. La idea de que los logros del trabajo personal deben "hablar por sí mismos" puede ser aplicable para individuos excepcionales, pero aprendí por experiencia que para el resto de los mortales era necesario abandonar la excesiva modestia. Intenté cambiar, pero sólo lo conseguí parcialmente… era demasiado tarde.

Puede ser argumentado que el deseo que mueve a las personas a exhibir sus cualidades personales es una característica bastante universal y que el jactancioso se diferencia del resto sólo por hacerlo en forma poco sutil. Sin embargo, esa falta de sutileza puede llegar a transformarse en crueldad, lo que puede explicar la aversión que muchos sienten por los jactanciosos.

Un personaje singular, que fue mi amigo desde la infancia, era Cacho cuyo verdadero nombre era Horacio. Cacho era un jactancioso inveterado, del tipo que puede despertar aversión, pero como nos conocíamos desde tanto tiempo atrás ya no me causaba ningún rechazo. En una conversación típica Cacho podía disparar:

- Che Martín ¿Cuándo vas a dejar esas tonterías y empezar a ganar unos mangos?... Yo empecé de nada y mirá donde llegué…

Comenzó trabajando como repartidor en una farmacia, pero en poco tiempo fue promovido a encargado de compras. Como estaba en contacto con diversos distribuidores mayoristas de artículos de perfumería conseguía comprar a buenos precios. En una oportunidad un mayorista de medicamentos y perfumería, que conocía sus cualidades, le ofreció un cargo en su empresa con un salario bastante más alto y Cacho lo aceptó. Fue escalando posiciones en la empresa hasta convertirse en el brazo derecho del propietario que, por temor de perderlo y por no poder prescindir de sus servicios, acabó proponiéndole que se torne socio. Cuando el dueño falleció Cacho consiguió comprar su parte de la sociedad y se tornó propietario de la empresa.

A diferencia de mi madre Cacho era un jactancioso que se sentía bien con otras personas como él y no con las personas modestas, a quienes consideraba "perdedores".

En cierta oportunidad ocurrió un accidente en mi familia que, debo reconocer, llegó a un buen final en parte gracias al jactancioso Cacho, que en esa época ya estaba empleado en la empresa mayorista. Mi padre sufrió un accidente cerebrovascular del cual, al cabo de un tiempo, logró recuperarse casi completamente. Cuando descubrimos los síntomas llamamos inmediatamente a nuestro médico que en poco tiempo llegó a casa, lo examinó y nos comunicó el diagnóstico. Cacho, a quien había pedido ayuda porque tenía un auto y podríamos precisar movilizarnos con urgencia, estaba presente. Seguimos todas las instrucciones del médico, que avisó que pasaría de nuevo al día siguiente, pero a Cacho no le cayó bien nuestro médico. Había conocido un médico neurólogo, que había regresado recientemente de los Estados Unidos y estaba muy impresionado con su competencia. Sin esperar nuestra respuesta procuró un teléfono y consiguió marcar una visita a nuestra casa para esa misma tarde. Como venía directamente del hospital el médico vestía un guardapolvo blanco encima de una camisa azul y usaba una corbata de moño mariposa rojo en el cuello, algo bastante singular en Buenos Aires. Después de examinar a mi padre confirmó parcialmente las recomendaciones de nuestro médico y a continuación comenzó a hacer una larga exposición alardeando de su formación y de sus conocimientos. Habló, entre muchas otras cosas, de cómo insistieron en el hospital en que hizo su residencia para que se quedase como miembro del equipo, pero que por causa del tipo de visa no pudo hacerlo. Naturalmente, mi madre y yo no simpatizamos con él y se lo hicimos saber a Cacho.

Al día siguiente el estado de mi padre había empeorado, el accidente cerebrovascular había afectado la función de deglución y no conseguía ingerir ninguna comida o bebida. Cuando nuestro médico llegó me mandó a comprar rápidamente algunas sondas naso enterales importadas en una farmacia especializada y volvió unas horas más tarde para introducirla. Era un nuevo tipo de sonda, bastante fina de un plástico especial que se tornaba flexible en contacto con el cuerpo. La primera tentativa de introducir la sonda falló, más tarde una segunda tentativa también falló y ya veía a mi padre bastante agotado por el esfuerzo. Cuando la tercera tentativa tampoco tuvo éxito nuestro médico recomendó una internación con el fin practicar una pequeña cirugía para poder introducir una sonda. Estaba tan trastornado por la incompetencia del médico que prácticamente lo eché de casa, luego corrí hasta la casa de Cacho, que por suerte ya había vuelto del trabajo, y le pedí que llamase al médico de la corbata de moño mariposa para que venga con urgencia.

Esa misma noche el médico llegó. Abrió uno de los envases y leyó cuidadosamente las instrucciones para la introducción de la sonda, que estaban en inglés. Luego pidió un jarro de agua con cubitos de hielo y sumergió la sonda en el agua helada. Al retirarla se había puesto algo rígida, pero aún con suficiente flexibilidad como para introducirla fácilmente. En cinco minutos el procedimiento había acabado y mi padre comenzó a alimentarse. Le pedimos que continúe atendiendo a mi padre hasta el fin del período más crítico y así lo hizo.

Pasaron muchos años hasta que volvimos a encontrarnos. Creo que fue en 1997, cuando estaba en Buenos Aires visitando a mi madre, que llamé a Cacho para saludarlo. Se alegró mucho por mi llamada, pero estaba por salir de viaje y la conversación fue breve. Combinamos que me llamaría cuando volviese y cuando lo hizo nos encontramos en un café de la calle Corrientes. Me saludó de una manera previsible:

- Hola Martín ¿Cómo estás? Disculpá por el otro día…

Luego explicó:

- Estaba por salir de viaje. Aproveché el feriado largo y me hice una escapada a Las Vegas.

Y para que no haya dudas, agregó:

- Voy siempre ¿sabés…?

Parecía el mismo Cacho de antes, pero durante la conversación me pareció un poco cambiado. Había algo de lo cual no podía jactarse y eso lo trastornaba, era su hijo…No había heredado el espíritu emprendedor de su padre, había abandonado los estudios y salió de su casa para ir a vivir en una especie de comuna. Cacho estaba haciendo lo posible para que vuelva, pero sin éxito y me pidió para que hable con él, porque aparentemente el muchacho respetaba mi opinión.

Pocos días después del encuentro con Cacho recibí otra llamada. Esta vez de Abel, un antiguo compañero de la escuela secundaria con quien estaba en contacto desde mucho tiempo atrás y con quien había combinado un encuentro en Buenos Aires, ya que él también estaría de visita. Abel había hecho una carrera meteórica y estaba ejerciendo el cargo de director ejecutivo de una firma multinacional. Nos encontramos en un café en Santa Fe y Coronel Díaz. Abel había acabado de hacer una corrida y llegó vistiendo un buzo deportivo de color azul y zapatillas. Conversamos un largo rato, primero recordando los años de la escuela y otras aventuras que habíamos compartido y después sobre nuestras impresiones sobre la situación política del país. Mas tarde pasamos a abordar episodios de nuestras vidas personales. Abel me contó la serie de coincidencias que le habían permitido llegar a la posición en que se encontraba y lo difícil que era mantenerla. No había ningún indicio de jactancia ni falsa modestia en lo que decía.

Cuando estábamos pidiendo un segundo café suena mi celular. Era Cacho:

- ¿Por dónde andás Martín?

- Estoy en un café charlando con un amigo que también está de visita.

- ¿Cuál café? - Le doy la información.

- En quince minutos estoy ahí.

Al llegar hago las presentaciones y pido otro café, mientras Cacho examina de pies a cabeza la indumentaria de Abel. Nos sentamos y Cacho comienza a relatar detalladamente las dificultades típicas de su día normal de trabajo en la empresa. Luego se dirige a Abel:

- Martín me contó que también vivís fuera del país. ¿A qué te dedicás?

- Trabajo para una empresa - responde Abel.

- Trabajar en una empresa no es para mí. Te explotan y no te pagan nada. Hay que ser dueño de empresa, no empleado…

Luego, sin ninguna hesitación pregunta a quemarropa:

- Decime, ¿Cuánto te pagan?

Un poco molesto por la pregunta Abel responde:

- Dejando de lado las bonificaciones y las acciones que recibo, unos doscientos cincuenta mil dólares por año.

Por un breve instante veo que Cacho queda boquiabierto, pero un poco después se repone y dice:

- Bueno…pero para llegar a eso habrás tenido algún acomodo, alguna palanca ¿Quién te ayudó? Yo me hice solo, empecé de cero…

Y luego:

- Pero fijate donde llegué… tengo una empresa con más de 50 empleados…

Era el mismo Cacho de siempre, no había cambiado nada…

Como prometí, antes de irme de Buenos Aires llamé al número de teléfono que Cacho me dio para que converse con su hijo. Por casualidad conseguí que atendiese en mi primera tentativa. El muchacho sabía que estaba de visita en Buenos Aires y parecía genuinamente contento porque lo había llamado. Después de algunas generalidades entré en el asunto principal. Le pedí que volviese a su casa, hablé sobre la preocupación de sus padres y sobre la necesidad de retomar sus estudios. Su respuesta fue inmediata:

- ¡Volver a mi casa no…! No aguanto más las fanfarronadas de mi viejo…

Aguas pasadas

La fascinación que el agua ejerce es digna de asombro y llega a causar perplejidad, no me refiero a cualquier tipo de agua, sino a aquel medio líquido transparente y cristalino que fluye con facilidad al menor desnivel. Los niños ya nacen con esa atracción, probablemente por ser un elemento familiar desde antes del nacimiento, cuyo contacto pudo haber sido una de sus primeras experiencias sensoriales.

La ubicuidad del agua en nuestro planeta y la inmensidad de los océanos que lo cubren ha llevado a algunos a defender que su nombre debería ser Agua y no Tierra, ya que la superficie ocupada por tierra es bastante menor que la ocupada por agua. Pero eso es sin duda una exageración, puesto que, con relación a las masas, la de agua es sólo una ínfima parte de la masa total del planeta.

Es curioso que los habitantes de Buenos Aires, a pesar de vivir a orillas de un inmenso río, no parecen conscientes del agua que los rodea como lo están quienes viven a la orilla del mar. Es posible que la turbidez de las aguas del Río de la Plata y su color marrón no evoquen la misma sensación que causa una superficie de agua cristalina, que actuando como un espejo refleja los colores del cielo. No es sorpresa que los porteños aprovechen cualquier oportunidad para viajar a la costa atlántica.

Cuando niño, en el Barrio de Villa Crespo, solíamos salir a la calle inmediatamente después de una gran lluvia. En días normales solía acumularse junto al cordón de las veredas, agua que salía por los caños pluviales de las casas, principalmente, debido al lavado de los patios, pero después de una fuerte lluvia se formaba una corriente caudalosa que lavaba toda la suciedad y fluía junto al cordón de la vereda, limpia y cristalina. Una de nuestras diversiones favoritas era colocar barquitos de papel sobre la corriente de agua y correr atrás de ellos hasta que se perdiesen en las alcantarillas. Mi fascinación con el agua cristalina en movimiento era tal que nunca abandonaron mi memoria otras imágenes de ese tipo, como la del agua corriendo por las acequias en la provincia de Río Negro, o los veraneos en Córdoba, cuando corría por la orilla de algún riacho de aguas límpidas en las sierras atrás de algún objeto flotante.

Cuando pasamos a veranear en la playa y vi el mar por primera vez recuerdo que permanecí observando estupefacto el espectáculo durante un buen tiempo. Era una playa casi desierta en un día sin nubes. El mar tenía un color azul oscuro y el estruendo de las olas rompiendo, al principio, me causó pavor. Pero me confortó comprobar que, mi reacción no era simplemente miedo de niño, ya que un señor que viajaba con nosotros en el mismo ómnibus y que, aparentemente, también veía el mar por primera vez, tuvo una reacción semejante a la mía. Observaba boquiabierto sin ocultar su sobresalto.

Al terminar las vacaciones en la playa me asaltaba invariablemente una sensación de congoja.! Quién pudiese quedarse… ¡. Después venía el retorno a casa con aquella sensación extraña, pero muy real, que los niños experimentan cuando vuelven a la ciudad después de un tiempo en grandes espacios abiertos. Todo parecía estrecho y apretado como si la casa y las calles hubiesen encogido…

Es difícil exagerar el efecto que estos recuerdos aparentemente inocentes acaban teniendo en nuestras vidas.

Cuando en 1966, junto con mi esposa Amanda, partimos de Buenos Aires rumbo a nuestro nuevo destino, nos tocó vivir en una ciudad del medio-oeste de los Estados Unidos muy distante de alguna costa. Por aquellas latitudes eso significa, grandes variaciones de temperatura con inviernos muy fríos, con mucha nieve, y veranos calurosos. Después de cumplir todos los requisitos del programa en la universidad y haber obtenido el diploma, recibí una oferta de una posición temporaria como investigador en otra universidad más al norte, donde, si bien los veranos no eran tan calurosos, los inviernos eran peores. El contrato era por dos años, pero podía ser renovado por un año más.

El año de 1974 fue el de las grandes decisiones. La coyuntura económica era francamente desfavorable y las posiciones en mi área de trabajo eran muy escasas. Aunque mi visa me permitía permanecer por tiempo indeterminado, no descartaba la posibilidad de volver a la Argentina, pero las pocas noticias que recibía sobre la situación política eran bastante alarmantes.

Creo que era el mes de junio de 1974 cuando hojeando una revista especializada me deparé con un anuncio bastante poco común. Se trataba de una posición en Brasil en la Universidad Federal en la ciudad de Recife y, a juzgar por la descripción, mi formación parecía adaptarse bien a los requisitos. Amanda y yo habíamos estado antes en Brasil, pero sabíamos muy poco sobre Recife, excepto por una anécdota curiosa. Fue el primer puerto que el Highland Brigade, el barco que en 1936 trajo a mi madre a la Argentina, tocó después de atravesar el Atlántico. Escuché a ella repetir eso muchas veces.

Cuando comenté el anuncio con Amanda su reacción no fue nada favorable. Trasladarse a una ciudad remota, de la cual no sabíamos casi nada, con nuestras dos hijas pequeñas le pareció una idea disparatada. Aun así, decidí enviar mis datos personales junto con una carta demostrando interés en la posición. No tardó en llegar una respuesta muy detallada que expresaba que el interés era mutuo. Se trataba de un grupo de jóvenes investigadores que estaba montando, con bastante apoyo oficial, un instituto de investigación en los moldes actuales. Por experiencias anteriores con visitantes extranjeros, me advertían sobre posibles dificultades de adaptación, pero confiaban que, siendo argentinos, el choque tal vez no sería tan grande en nuestro caso. Para que pudiese tener una idea más clara, organizaron un encuentro en una ciudad cercana con dos recifenses que estaban en un programa de perfeccionamiento en una universidad local. Convencí a Amanda que quería verlos sólo por curiosidad y partí para el encuentro. Los jóvenes pintaron un cuadro mucho más optimista que el de la carta, pero quedé bastante bien impresionado con lo que oí, aunque lo tomé "con un grano de sal".

Al poco tiempo llegó una nueva carta con los detalles de la contratación, salario, costo de vida y datos sobre el trámite inmigratorio. Estaba llegando el momento de colocar todo en la balanza y tomar una decisión. Como se acercaba el fin del contrato y la única oferta concreta era la de Recife, Amanda estaba dispuesta por lo menos a prestar atención. Comenzamos a investigar todo sobre Recife: libros, películas y folletos turísticos. Nuestros amigos brasileños que vivían en un departamento vecino eran nuestra principal fuente de información, pero sus respuestas eran ambiguas. Cuando preguntábamos cómo era Recife la respuesta era del tipo:

- ¡Ah... Recife!, el mar..., las playas..., los coqueros...

Pero cuando hacíamos preguntas más concretas las repuestas no eran muy explícitas.

Finalmente, la atracción del mar consiguió que el fiel de la balanza se moviese hacia el lado de Recife, lo que acabó decidiendo nuestro futuro.

Cuando llegamos y fui presentado a mis colegas de trabajo tuve una sorpresa agradable. No era el único profesor extranjero, aunque en realidad nunca fui tratado como totalmente extranjero, había otros cuatro y luego llegarían más.

Fue en ese día que conocí a Ralph Skidmore o Ralphie, como era llamado. Aparentemente había llegado, como la mayoría de los profesores extranjeros, con la esperanza de poder desenvolver su trabajo y al mismo tiempo disfrutar del mar y del clima tropical. Su pasado, aunque nunca totalmente revelado, parecía ser digno de respeto. Su último empleo, antes de llegar a Recife, había sido un cargo de profesor adjunto en una prestigiosa universidad norteamericana, pero nunca supimos el motivo de su salida. Era autor de un libro bastante famoso en su área de trabajo, que era ampliamente usado como libro-texto en esa materia en los cursos de posgrado y, por haber obtenido el título de doctor a los 24 años, tenía fama de "niño prodigio".

Ralphie era amante del mar en un sentido intensamente participativo. Era un excelente nadador y solía nadar, cuando el tiempo lo permitía, hasta un arrecife de coral sumergido distante más de un kilómetro de la playa, para observar los peces con un "snorkel". En aquella época Recife todavía no era famosa por los ataques de tiburones, pero ciertamente el peligro ya existía. Practicaba también otros deportes bastante radicales como escalar montañas y vuelos con planeador y recibía revistas especializadas en esos temas.

Por el poco esfuerzo que hacía para adaptarse al estilo de vida de Recife no parecía que pretendía quedarse por mucho tiempo. Era totalmente intolerante con lo que percibía como incompetencia y lo demostraba constantemente.

Se quejaba amargamente de los atrasos, las filas, los trámites burocráticos, el tránsito caótico y otras plagas que los latinoamericanos estamos resignados a aceptar. Por otro lado, tenía una confianza ciega en la empleada que había contratado. La señora Dolores, a quien llamaba "Dlores", organizaba toda su vida y Ralphie seguía todos sus consejos al pie de la letra. Desconfiaba de todos, pero cuando Dolores le hacía alguna recomendación la aceptaba sin discutir.

Nunca hablaba de política y parecía no estar enterado de lo que estaba aconteciendo en la mayoría de los países sudamericanos. Ni siquiera cuando a fines de 1975 llegaron a la universidad muchos refugiados políticos, principalmente de Argentina, lo oí hacer algún comentario o alguna pregunta. Tampoco conseguí nunca saber si era casado, soltero o divorciado. Sus respuestas eran siempre ambiguas del tipo: "viví un tiempo con una mujer, pero no funcionó" y luego cambiaba de asunto. Sus conquistas amorosas constituían su tema favorito y las comentaba con un poco de jactancia, pero principalmente con asombro. Desde su llegada a Recife se había transformado en una especie de "ídolo" de las señoritas. Tendría unos 35 años, era alto, de cuerpo atlético, cabello castaño y ojos claros. Usaba barba y bigote y su tez había adquirido un color cobrizo por la exposición al sol. Cuando andaba por la playa, solía verlo pasar rodeado por un séquito de jovencitas ansiosas por oírlo hablar algunas palabras en inglés. También era considerado un muy "buen partido" por varias mozas casaderas locales que, confabuladas con sus madres, usaban diversas estratagemas para aproximarse de Ralphie. Toda esa popularidad le causaba asombro…

Probablemente debido a sus credenciales académicas había impuesto algunas condiciones para venir a Recife. Eran privilegios que los otros profesores no tenían, lo que causaba un cierto malestar. Su participación en la enseñanza, por ejemplo, era mínima y se reducía a dar clase para unos pocos estudiantes de posgrado en horarios irregulares. Eso le permitía viajar con mucha frecuencia, frecuentemente hacia el exterior, pero nadie conocía el destino de sus viajes.

Ralphie se sentía muy satisfecho con su trabajo científico en Recife. Estaba pasando por un período de gran productividad en que, de acuerdo con sus palabras, "todo lo que tocaba se transformaba en oro". Sumando eso a la playa y el mar, la situación no podía ser mejor para él…Tuvimos una gran sorpresa cuando un día de mayo de 1976, tocó el timbre de nuestro apartamento. Venía a despedirse porque estaba viajando al día siguiente de vuelta para su país. No dejó ninguna información para contacto alegando que todavía no sabía bien donde iría a vivir, pero prometió que nos avisaría luego que tuviese una dirección. Dejó su "snorkel" de regalo para mi hija mayor y partió.

Nunca más volvimos a oír de Ralphie. Ni siquiera después de la llegada del Google, donde era posible encontrar casi cualquier información, conseguimos saber algo sobre él, a no ser por una referencia a su libro. Dado que se trataba de una persona con distinguidas credenciales académicas la falta total de información era un gran misterio.

En 2013, uno de mis nietos se encontraba en Canadá en un programa de intercambio y decidimos visitarlo en la ciudad de Toronto. Como estábamos cerca de Nueva York decidimos hacer una escapada hasta allá y permanecer algunos días. Amanda aún mantenía contacto con su antigua amiga Beth de la época en que vivíamos en los Estados Unidos y habían combinado que iríamos a visitarlos a su casa en Brooklyn. Cuando llegamos fuimos recibidos por un señor de edad avanzada que no conocíamos y que supusimos sería el segundo marido de la amiga de Amanda, ya que sabíamos que se había divorciado del primer marido. Luego llegó Beth, quien hizo las presentaciones y nos condujo hasta la sala de estar de la casa para conversar y tomar un café.

El marido de Beth era abogado y se había jubilado, muchos años atrás, de su trabajo en el ministerio de defensa en Washington. Mientras conversábamos noté que no conseguía mantener la atención por mucho tiempo. A veces parecía que dormitaba y luego se despertaba sobresaltado, pero de cualquier manera continuamos la conversación.

Cuando conté nuestra historia y se enteró que vivíamos en Recife desde 1974 me dijo:

- Conocí a alguien que vivió en Recife en los años 70. Su nombre era Ralph Skidmore, pero todos lo llamaban Ralphie, creo que ya falleció.

No podía creer lo que estaba oyendo…Luego continuó

- Trabajaba para la CIA monitoreando las actividades de subversivos infiltrados en las universidades.

Estaba boquiabierto…y casi no podía concentrarme más en lo que decía, pero conseguí oír:

- Había sido nombrado jefe de estación y asignado a la Operación Cóndor…

La ley de Fick

En la escuela secundaria, en la década del cincuenta, no era raro encontrar entre los profesores personajes bizarros. En realidad, lo contrario era probablemente más raro. Uno de los más extravagantes era un profesor de química orgánica cuyo nombre era Helmut Fick, de quien se decía que era nieto del famoso científico alemán del siglo XIX que enunció las leyes que gobiernan el fenómeno de la difusión y que llevan su nombre. Por cuales vericuetos del destino había llegado a mi sala de aula sólo Dios sabía, pero se comentaba que era de nacionalidad suiza y que era vegetariano.

Cuando entró por primera vez a la sala de aula me pareció ver una imagen fantasmagórica. Tendría algo más de sesenta años, que en aquellos años y, especialmente para nosotros, era una edad avanzada. Era alto, un poco encorvado, de cabellos y bigote blancos y extremamente delgado. Sus manos se parecían con las del esqueleto que había en la sala de ilustraciones para las clases de anatomía, sólo que cubiertas con piel. Para ver sus ojos era necesario hacer un esfuerzo. Primero estaba la barrera de sus gruesas cejas casi blancas que caían sobre las órbitas y después venían las propias órbitas, que eran profundas y huesudas, pero observando con atención se conseguía distinguir, en el fondo de las cuencas oculares, que sus ojos eran de un color azul claro. Cuando hablaba lo hacía frecuentemente con los ojos cerrados.

Su vestimenta también era fuera de lo común. En los meses de invierno casi siempre usaba un impermeable largo que llegaba casi hasta sus tobillos y que no se quitaba para dar clase. Mis compañeros afirmaban que su aliento, como también su ropa, olían a cebolla, que según decían, era su principal alimento. Pero nunca lo pude constatar.

Parece que no concordaba con el principio de conceder notas de acuerdo con el rendimiento de cada alumno. Cuando daba una prueba escrita, no se preocupaba por vigilar y al poco tiempo comenzaba a dormitar, como resultado las pruebas se transformaban en un trabajo colectivo. Las notas acababan siendo las mismas para todos: lo suficiente para que pasásemos, eximiéndonos del examen de diciembre.

Cuando pasaba por la sala de profesores y espiaba por la ventana, nunca lo veía conversando con sus colegas. Se sentaba solo junto a una mesa para leer siempre el mismo libro. A pesar de su fuerte acento alemán se expresaba correctamente y con fluencia en castellano y sus clases no eran aburridas, tenía una manera curiosa y algo cómica de usar el cuerpo y las manos para ilustrar la configuración espacial de alguna molécula orgánica. Recuerdo una clase sobre hidrocarburos, en que estaba explicando el número octánico de la nafta y su relación con la suavidad de las explosiones en los motores de combustión interna. Para ilustrar la diferencia entre las configuraciones del octano normal y del isómero trimetil pentano, consiguió enrollar el cuerpo y las manos de tal manera que llegó a parecer un ovillo.

Era el mes de octubre de 1956 cuando mi compañero Felipe Soria, como siempre con alguna de sus ideas descabelladas, se aproxima después de una clase de Fick y me dice:

- ¿Vamos a seguirlo para saber para dónde va?

Pensé que estaba bromeando y se lo dije. Pero respondió que la idea estaba en su cabeza hacía tiempo y que cada día sentía más curiosidad por saber algo más sobre Fick. ¿Dónde vivía? ¿Una casa o una caverna? ¿Tenía familia? ¿Hijos? Soria creía que seguirlo sería fácil porque Fick no conocía a ninguno de nosotros por el nombre y probablemente tampoco reconocería nuestras fisonomías si nos viese en la calle. Tantas veces insistió hasta que comencé a aceptar la idea. Después de todo yo también estaba curioso...

Era necesario planear todo con cuidado. Fick daba clase en nuestra división los martes y jueves, pero en esos días salía de la escuela antes de la hora en que todos salían. Por otro lado, los miércoles y viernes, daba clase en otra división y en esos días salía al mismo tiempo que nosotros. Además, los viernes solía llegar a mi casa más tarde porque a veces me encontraba con mi primo para ir a ver alguna película. Podía dar esa explicación en casa y no habría más preguntas. Concordamos con que el mejor día era un viernes.

El día de la aventura, salimos de la escuela junto con todos los alumnos, pero Fick no estaba por ningún lado. Quedamos esperando y cuando ya casi no había más nadie en la calle, lo vimos salir. Dejamos que se adelantase una media cuadra y comenzamos a seguirlo. Parecía que iba en dirección al subterráneo, pero cuando vimos que efectivamente iba a bajar las escaleras, aceleramos el paso para no perderlo de vista y luego entramos en el mismo vagón. Bajó en la estación donde se cruzan todas las líneas, debajo de la Avenida 9 de Julio junto al obelisco, y en ese momento casi lo perdimos de vista, pero conseguimos localizarlo dirigiéndose hacia la línea B y lo seguimos. Estábamos en el mismo vagón y como alguien le había cedido el asiento, estuvo leyendo todo el tiempo aquel libro, que ya había visto antes, sin prestar atención en nada de lo que ocurría a su alrededor. No había peligro que nos descubriese.

Bajó en la estación Federico Lacroze que, por aquellos años era el fin del recorrido, y subió las escaleras comenzando a andar hacia una de las calles arboladas del barrio de Chacarita. Después de caminar algunas cuadras se detuvo frente a una casa con verja y puerta de barras de hierro que tenía un pequeño jardín. Fick abrió la primera puerta, que estaba sin llave, y luego usó la llave para abrir la segunda puerta que daba entrada a la casa.

Aguardamos casi una hora en la calle porque, de acuerdo con Soria, Fick seguramente saldría para hacer alguna compra con alguien. Cuando comencé a quejarme Soria respondió:

- Bueno…Por lo menos sabemos que vive en una casa…y ya sabemos dónde queda.

Pensé que la aventura había terminado ahí, pero Soria estaba muy satisfecho porque, según él, desde ese día en adelante podíamos espiar la casa de Fick sin necesidad de seguirlo…

Una semana después, un viernes, me propuso ir a espiar la casa el sábado por la mañana. Como no había escuela y no tenía nada mejor para hacer concordé. Combinamos en encontrarnos a la salida de la estación Federico Lacroze a las 9:30 y desde allí fuimos andando hasta la casa de Fick. No tuvimos que aguardar más que 15 minutos hasta Fick aparecer. Llevando en la mano su libro como siempre, comenzó a andar con paso más rápido que de costumbre hasta llegar a una casa donde entró. La casa tenía un amplio portón de madera que estaba abierto y algunas otras personas estaban entrando, parecía un salón de fiestas o de reuniones, o algo de ese tipo. Nos fuimos acercando al portón con cierta cautela para poder descubrir qué tipo de sitio era aquel y cuando asomamos la cabeza hacia dentro para espiar vimos que dos jóvenes, una señorita y un muchacho, se estaban acercando y nos hacían señas para entrar.

- No tengan miedo, pueden entrar.

Lo miré a Soria como preguntando: ¿qué hacemos ahora? Me respondió con un gesto con la cabeza que significaba: entremos. Al transponer el portón nos encontramos con un vestíbulo bastante grande en una de cuyas paredes estaban aplicadas letras grandes de metal que decían: "Salón del Reino de los Testigos de Jehová". Más adelante había un auditorio bastante grande y en el frente una tribuna, pero como de nuevo hesitamos en entrar al auditorio, los dos jóvenes nos tranquilizaron más una vez:

- Pueden sentarse. Cuando salgan conversamos.

Había unas 40 personas ya sentadas ocupando los asientos más próximos de la tribuna, pero nosotros nos sentamos bien atrás. Después de algunos minutos el público comenzó a entonar un cántico religioso y después vino una oración. En ese momento alguien subió a la tribuna, para nuestra gran sorpresa no era otro que Fick... Con su acento tan familiar para nosotros comenzó con una lectura de la biblia que luego comentó con gran detalle y a continuación pasó a leer un artículo de un periódico de la organización que se dispuso a discutir extensamente. En ese momento decidimos que ya habíamos descubierto bastante y tratando de llamar la atención lo menos posible nos dirigimos hacia la salida del auditorio para luego salir a la calle. Pero en el vestíbulo los dos jóvenes nos estaban aguardando prontos para ejercer su actividad evangelizadora. Distribuyeron material de lectura y luego comenzaron a hacer preguntas sobre qué nos había parecido lo que habíamos oído. Por no saber qué decir respondí con otra pregunta:

- ¿Quién es ese señor que hablaba desde la tribuna?

- Es el señor Helmut, es siervo de congregación de este templo - Respondió el joven, y luego comenzó a contar la historia de Fick que aparentemente conocía muy bien.

El señor Helmut es muy respetado no sólo por nuestra congregación, sino que también en todo el mundo por lo que sufrió en los campos de concentración en la Alemania nazi. Nació en Alemania, pero prefirió estudiar en Suiza porque no aceptaba el nacionalismo militarista que imperaba en las universidades alemanas de aquella época. Al concluir sus estudios volvió a Alemania donde obtuvo un empleo en el servicio público, pero después de la ascensión de los nazis al poder en 1933 fue expulso por no aceptar la afiliación obligatoria al partido ni practicar el saludo nazi.

Cuando estalló la segunda guerra mundial fue convocado como conscripto, pero se negó a presentarse declarándose objetor de conciencia. Fue rápidamente arrestado y enviado a un campo de concentración donde sufrió todo tipo de torturas. Bastaba firmar una declaración de renuncia a los Testigos de Jehová para librarse de los sufrimientos y salir libre, y muchos así lo hicieron por no resistir las torturas. El Señor Helmut, en cambio, se negó a hacerlo y estaba destinado a ser ejecutado.

Varias veces su ejecución fue postergada por órdenes superiores hasta que la guerra acabó y consiguió sobrevivir. Más tarde se supo que su hermano Werner, un oficial de alto rango en la SS, había intercedido en su favor y evitado la ejecución.

Después de oír esa sorprendente historia de Fick agradecimos a los dos jóvenes y prometimos, sin mucha convicción, que volveríamos a verlos futuramente. Luego comenzamos el camino de retorno caminando en silencio. Era necesario digerir lo que habíamos oído…Soria fue el primero en romper el silencio:

- ¿Viste? No querías ir…Fijate las cosas que descubrimos.

- Si, mucho más de lo que esperaba…Tenemos que contarle todo a los compañeros.

- Si, el lunes les contamos todo…

Volvimos a quedar callados y pensé: ¿cómo no me di cuenta de que aquel libro que tenía siempre a mano era una biblia? La biblia era la única ley que Fick acataba, la Ley de Fick…

Los libres del sur

A apenas 120 Km de la capital se encuentra la ciudad de Chascomús y, sin embargo, muchos de los porteños que llegaban a conocerla en los años 50 lo hacían por algún tipo de accidente o alguna casualidad. Por estar ubicada junto a la Ruta 2 que une Buenos Aires con Mar del Plata, casi todos sabían de su existencia y también porque era casi obligatorio hacer una parada en Atalaya por sus famosas medialunas. Pero Atalaya estaba sobre la propia ruta, en cambio, para entrar a la ciudad había que hacer un desvío de algunos pocos kilómetros. A pesar de que la ruta era muy peligrosa en esos años, los automovilistas gustaban de jactarse de haber hecho el trayecto a Mar del Plata en tiempo récord y jamás perderían tiempo entrando a Chascomús... La única excepción eran los pescadores que visitaban la laguna regularmente atraídos por una supuesta abundancia del pejerrey.

No fue diferente conmigo. Conocí la ciudad no por algún accidente, sino por una casualidad. Fue en los primeros días de diciembre de 1957 cuando, junto con mi madre, decidimos hacer un viaje de algunos pocos días a Mar del Plata y, como todavía no había iniciado la temporada veraniega, no pareció necesario hacer reservas de hotel porque probablemente no habría tantos turistas. En el horario que elegimos para viajar no había viajes directos de ómnibus para mar del Plata y tuvimos que conformarnos con uno que hacía dos paradas. Una de ellas era Chascomús.

En aquellos tiempos la parada de ómnibus era en un hotel céntrico en la calle Libres del Sur y no como hoy en día en que la estación de ómnibus está ubicada lejos de la zona urbana. Cuando hicimos la parada, que duraba casi una hora, aprovechamos para tomar un café en el restaurant del hotel y mientras lo hacíamos descubrí una cara conocida en una mesa vecina. Era la Señora Zuckerman, paisana de mis padres, con quien solían encontrarse en casamientos y otras ocasiones esporádicas. Hice un gesto con la mano para llamar su atención e inmediatamente se acercó a nuestra mesa con una expresión de total incredulidad por la coincidencia. Al enterarse de nuestro viaje improvisado de algunos días inmediatamente propuso que cambiemos los planes y que nos quedásemos en su casa de fin de semana junto a la laguna. Insistió con tanta vehemencia que, lo que al principio nos pareció absurdo, comenzó a adquirir un carácter más sensato. Finalmente consiguió convencernos y nos lanzamos a la aventura. Retiramos la pequeña valija del baúl del ómnibus y avisamos al conductor que no continuaríamos el viaje.

Nos quedamos cinco días en Chascomús, de los cuales sólo dos fueron en la casa de la Señora Zuckerman. Para no abusar de su hospitalidad decidimos pasar los días restantes en una casa de familia vecina, en que Rosita la dueña de casa, tenía algunos cuartos que solía alquilar a turistas, incluyendo las comidas. Todo era muy limpio y ordenado.

Fue el inicio de una reacción en cadena y, como siempre, un paisano fue trayendo a otro… Oí decir que había algo en el paisaje junto a la laguna que les recordaba alguna imagen del pasado guardada en sus memorias. Al principio, se hospedaban, en la casa de Rosita, que ahora estaba siempre llena. Luego otras casas de familia comenzaron a imitarla. Pero más tarde comenzaron a construir sus propias casas en terrenos vecinos al de la Señora Zuckerman y en menos de dos años, ya se había formado una pequeña villa de paisanos. Nuestra casa estaba ubicada a dos cuadras del centro de la villa.

Las relaciones con la gente del lugar eran cordiales, pero en general algo distantes. En esa época tenía 18 años y había en la villa un buen grupo de chicas y muchachos con quienes hacer amistad. Por otro lado, mis tentativas de aproximación con muchachos de mi edad entre la gente local eran vistas con cierta desconfianza y no prosperaban. No ocurría lo mismo con las chicas locales, algunas de las cuales acabaron juntándose al grupo de la villa. Era una época en que el folklore nacional estaba en auge y los jóvenes solían conocer las letras de las zambas y chacareras más famosas. Tal vez por causa del paisaje pampeano que creaba un ambiente favorable a la exaltación de lo gauchesco, las reuniones del grupo casi siempre acababan en guitarreadas en que se cantaba junto a la laguna, a algunos pasos del mausoleo de Los Libres del Sur.

Había todavía en aquella época algunos sobrevivientes de la época en que el caballo era un protagonista central en la vida cotidiana. Por ejemplo, frente a la villa había un rancho donde vivía Don Marcelino y su mujer Gregoria.

Marcelino había sido resero en su juventud y solía contar como, montado en su caballo zaino, conducía ganado por los caminos de tierra hasta el mercado de Liniers en el barrio de Mataderos. Marcelino era un gaucho socarrón, rechoncho, de cabellos blancos con las mejillas y la nariz siempre rojas y los ojos siempre entreabiertos. Un cierto día en que me vio pasar frente a su rancho acompañado de dos chicas de nuestro grupo me gritó desde la puerta:

- ¡Andás recargao eh...!

Había también otros personajes notables como Doña Mercedes, que vivía a algunas cuadras de la villa y que, a pesar de su profesión, era tratada con toda deferencia. Mercedes era una venerable meretriz, todavía en actividad a pesar de los años, cuya clientela era formada exclusivamente por gauchos, generalmente peones de estancia, que llegaban a caballo y eran atendidos en su propia residencia.

A mediados de 1958 nuestra casa ya estaba lista y en noviembre nos mudamos. Fue un año de elecciones generales y en las paredes de calles del centro de la ciudad podían verse todavía carteles de apoyo a un candidato a diputado provincial, oriundo de Chascomús, que acabó siendo electo. Su nombre era Raúl Alfonsín, que más tarde llegaría a ser presidente de la República.

Fue en el verano de 1959 cuando Marina apareció por primera vez en el grupo de la villa. No era de Chascomús, sino que estaba allí porque sus padres, que eran inmigrantes yugoslavos, tenían una casa de fin de semana. De forma semejante a como se había formado nuestra villa, un grupo de yugoslavos, como eran llamados en aquellos tiempos, se habían concentrado en un conjunto de casas a algunas cuadras de nosotros.

Marina tenía 16 años. Era una chica alegre y simpática que fácilmente se integró a nuestro grupo. Se conoció con Esther, la hija menor de la Señora Zuckerman, mientras hacían compras en el almacén, y luego se hicieron amigas. Principalmente porque descubrieron que eran alumnas del mismo liceo, aunque nunca se habían visto porque una estudiaba en el turno de la mañana y la otra en el turno de la tarde. En poco tiempo se hizo amiga de casi todos en el grupo.

No recuerdo exactamente cuándo comencé a notar que, a diferencia del resto de nosotros, Daniel, el hermano mayor de Esther, trataba a Marina con una cierta frialdad. Primero percibí que nunca sonreía cuando Marina decía algo gracioso y después que sólo se dirigía a ella a través de terceros. Daniel estaba cursando el primer año en la Facultad de Ciencias Exactas y ya se notaba una inclinación hacia la militancia política en favor de causas populares de izquierda, que no trataba de ocultar. Era el tipo de asunto que siempre evitábamos de abordar entre nosotros para no echar a perder al espíritu de camaradería que reinaba. Cuando la antipatía de Daniel hacia Marina se tornó tan evidente que otros también llegaron a notarla decidí interpelarlo.

- Decime Daniel. ¿Por qué tratás a Marina de esa manera?

- Mirá Martín…Tengo mis motivos - Respondió sin mostrar sorpresa por mi pregunta.

Cuando quise saber qué motivos eran esos, su respuesta fue larga y detallada. Como si hubiese estudiado muy bien el asunto. Comenzó explicando que Yugoslavia era un país compuesto por varias etnias y que los padres de Marina, así como los otros yugoslavos que vivían en Chascomús, eran croatas y que, a diferencia de la gran mayoría de los croatas que vivían en Argentina, habían inmigrado al país en los últimos años de la segunda guerra mundial o en los primeros años de la posguerra. De acuerdo con Daniel, la casi totalidad de esos inmigrantes era formada por fugitivos políticos huyendo para evitar represalias por los actos de sadismo bárbaro cometidos por los Ustashas, con quienes simpatizaban. El más notable de todos ellos, el propio líder del movimiento y primer ministro del efímero estado nazi-fascista croata, Ante Pavelić, se había refugiado en Argentina en 1948. Las atrocidades cometidas por los Ustashas contra serbios, judíos, roma, comunistas y otros "indeseables" eran de tal magnitud que hasta los propios nazis alemanes habían quedado horrorizados.

- Supongamos que los padres tengan algo que ver con todo eso, algo que todavía no está probado… ¿Qué culpa podría tener Marina? – Pregunté.

Daniel quedo pensativo y luego respondió:

- Puede ser que no tenga culpa, pero no consigo olvidar lo que han hecho y Marina forma parte de esa gente.

A pesar de su respuesta me dio la impresión de que Daniel estaba dispuesto a oír mis argumentos y que, en realidad quería ser convencido de que estaba equivocado. Continué insistiendo que culpar a los hijos por los crímenes de sus padres era equivocado y llegué a citar el famoso precepto bíblico del profeta Ezequiel. Además, no había en Marina ni la más remota indicación que podía haber sido influenciada por la ideología de sus padres. En realidad, era todo lo contrario…Creo que mis argumentos tuvieron algún efecto porque, a partir de ese día, noté que Daniel hacía un esfuerzo para no parecer antipático con Marina.

Cuando en el verano siguiente el grupo comenzó a reunirse como todos los años noté que, no sólo Marina y Daniel se hablaban, sino que a veces lo hacían sobre algún tema que aparentemente habían discutido antes. No cabía duda de que habían permanecido en contacto en Buenos Aires durante los meses de invierno. Ahora la situación se había invertido con relación al año anterior. Cuando Daniel hablaba parecía que se dirigía a Marina, y viceversa. Ese fue el último verano en que aparecieron en Chascomús, pero supe por Esther al año siguiente, que Marina también había ingresado en Ciencias Exactas.

Finalmente, el grupo de la villa se fue deshaciendo hasta desaparecer completamente. Algunas de las casas fueron vendidas, otras alquiladas o simplemente abandonadas, y en poco tiempo la propia villa no existía más. Ya había perdido casi por completo el contacto con mis amigos del grupo cuando, a fines de 1965, recibí una llamada que me llenó de alegría, era Marina. Me llamaba para invitarme a una pequeña reunión para celebrar la conclusión de sus cursos en la facultad y su título de licenciada en química. La felicité y prometí que iría a la reunión.

La reunión estaba programada para la noche de un viernes en una especie de country de la región del Tigre. Cuando llegué al pequeño salón de fiestas me encontré rodeado de los amigos que no veía hacía muchos años. Daniel estaba allí, muy atareado, intentando ayudar a todos a sentirse cómodos. Después de unas dos horas de alegres conversaciones y bastante bebida, Daniel se paró en el centro del salón, pidió silencio y llamó a Marina a su lado.

- Quería hacer un anuncio - Dijo tomando a Marina de la mano. Luego continuó:

- Esta mañana Marina y yo nos casamos…

Hubo algunos segundos de silencio por la sorpresa, después algunos murmullos y finalmente todos comenzaron a gritar de alegría felicitando efusivamente a la pareja.

Había una ausencia notable. Ninguno de los padres, de Marina o de Daniel estaban presentes. Parecía que la pareja había conseguido finalmente olvidar el pasado. Estaban libres…

Un mundo pequeño

De acuerdo con una conocida conjetura el grado de interconexión social es tal que, si excluimos miembros de comunidades muy aisladas, estaríamos a unos seis apretones de manos de cualquier habitante del planeta. Un mundo pequeño…

Sólo para dar un ejemplo; yo, Martín Wolfenson nacido en 1939 en el barrio de Villa Crespo, no debería tener, a priori, ni siquiera una posibilidad remota de tener algún vínculo con alguien como Franklin Delano Roosevelt y, sin embargo, en cierto sentido, no es así. Cuando era estudiante en la Facultad de Ciencias Exactas algunas coincidencias sorprendentes hicieron que me tocase apretar la mano del físico Robert Oppenheimer, director del proyecto Manhattan, que visitó la facultad en 1959 y se acercó a mi mesa cuando estaba trabajando en un experimento de laboratorio. Por aquellos años estaba sufriendo el ostracismo que le fue impuesto durante el auge del Macartismo y viajaba por el mundo dando conferencias. Oppenheimer, por su vez, apretó la mano de Roosevelt. Por lo tanto, estuve a sólo dos apretones de manos de Roosevelt y, consecuentemente, a tres apretones de manos de Churchill o de Stalin. Un vínculo bastante próximo, dadas las circunstancias.

La curiosidad es a veces irresistible, aun cuando nos lleve por caminos que no deseamos transitar. Si nos aventuramos a continuar el hilo de las interconexiones con las figuras políticas, que para el bien o para el mal, fueron cruciales en el siglo XX, cabe la siguiente pregunta: ¿A cuántos apretones de manos estuve de Hitler o de Mussolini? A primera vista tendríamos el siguiente cómputo: Neville Chamberlain apretó las manos de Mussolini e Hitler cuando se reunieron en la conferencia de Múnich en 1938, Chamberlain apretó la mano de Churchill, que por su vez apretó la mano de Roosevelt, que apretó la mano de Oppenheimer, que apretó mi mano. Un total de cinco apretones de manos. Ese número indicaría un distanciamiento muy grande, ya que el máximo número de apretones de manos para interconectarse con prácticamente cualquier habitante del planeta es, presumiblemente, seis. En realidad, ese cómputo está equivocado. Estuve mucho más cerca de que cinco apretones de mano de esos dos personajes, ambos siniestros, aunque no en igual grado.

Recuerdo que, en 1955 cuando tenía quince años, Atilio Grignol, mi compañero de clase en la escuela secundaria comenzó a convencerme de que debíamos conocer la UES - Unión de Estudiantes Secundarios -, que había sido fundada en 1953 por el entonces ministro de educación. Mucho se ha dicho sobre la UES. Para algunos se trataba de una organización cuyo objetivo era el adoctrinamiento político de los jóvenes, no muy diferente de las que existieron en la Alemania nazista o en la Italia fascista. Para otros, el objetivo era apenas incentivar la práctica de los deportes entre los jóvenes, especialmente entre los provenientes de familias humildes. Hoy sabemos que algunos dirigentes probablemente adhirieron a la primera hipótesis y quisieron transformar la UES en una especie de partido peronista juvenil militante, pero no llegaron a lograrlo. Por otro lado, sería ingenuo suponer que fue una organización exclusivamente deportiva, ya que una de sus funciones explicitas era la difusión del ideario justicialista entre los jóvenes.

La actitud de muchos estudiantes de mi escuela en los años 50 con relación al peronismo era de pragmatismo resignado. Había, en general, bastante fastidio por las incesantes campañas de adoctrinamiento, tanto en la escuela como fuera de ella. Sin embargo, la opinión predominante era que algunas de las muchas conquistas alardeadas, debían ser verdaderas y que la continua propaganda, el culto a la personalidad, y las violaciones a la libertad de expresión, tal vez eran males necesarios. Con relación a la UES no había un gran interés. Más de dos años después de su creación, no eran muchos los que habían llegado a conocer sus instalaciones, a pesar de que el acceso era libre para cualquier estudiante secundario. La actitud predominante era de tratar de aprovechar lo que la UES ofrecía, que no era poco, e ignorar el resto.

Atilio Grignol era el único en mi división que no compartía esa visión, era ardorosamente peronista. La familia de Atilio provenía del sur de Santa Fe y en nuestras discusiones alegaba que había que vivir en el campo para entender las conquistas del peronismo. Como casi nunca bromeaba y jamás mentía tuve que admitir que, tal vez, había muchas cosas que desconocía y que la convicción de Atilio debía tener algún fundamento. Atilio soñaba con vivir en el campo, criar ganado y trabajar la tierra. Sabía el precio de una hectárea de tierra en cualquier región de la Provincia de Buenos Aires o de Santa Fe y también el precio de una cabeza de ganado, algo raro entre estudiantes secundarios.

Antes de emprender nuestra visita a la UES me pareció que mis padres precisaban saber sobre el asunto. Cuando se enteraron la reacción fue previsible, quedaron alarmados…Para ellos las semejanzas con las juventudes hitlerianas eran demasiado obvias y luego me recordaron hasta qué grado de adoctrinamiento se había llegado en Alemania donde jóvenes nazis no hesitaban en denunciar a la Gestapo como opositores del régimen hasta a sus propios padres. Sin embargo, a pesar de la oposición inicial, más tarde reflexionaron mejor sobre el asunto y concluyeron que, como ya había hablado con varios compañeros, una desistencia de última hora podría levantar sospechas de "contreras" sobre toda nuestra familia, lo que podía ser más arriesgado que la propia visita. Finalmente confiaron en mi buen juicio y me permitieron ir.

Combinamos con Atilio para encontrarnos una mañana de sábado en Republiquetas y Avenida del Libertador en el barrio de Núñez y cuando bajé del colectivo de la línea 215 Atilio ya estaba esperando. Cruzamos la avenida caminando hacia la rama masculina de la UES, que estaba ubicada a corta distancia, y entramos mostrando en la garita del portón de entrada simplemente un carné de la escuela. Luego caminamos un buen trecho por un camino asfaltado, flanqueado por una frondosa arboleda de eucaliptus, hasta llegar al edificio central desde donde pudimos apreciar mejor todo el asombroso conjunto. Hasta donde la vista podía alcanzar no se veía otra cosa que canchas de fútbol, de tenis, de básquet y pistas de atletismo. En el edificio había una piscina olímpica cubierta, una gran sala de cine, gimnasios donde se podía practicar cualquier deporte, desde levantamiento de pesos hasta esgrima, todo equipado y en perfecto estado. También había dormitorios, enfermería, un gran salón comedor y el "bar americano", que era uno de los lugares más concurridos porque, a toda hora, servían "panchos" y Coca-Cola tantas veces cuanto uno quisiera. El costo era mínimo, apenas unas monedas para evitar el desperdicio.

Algo que llamaba la atención era la relativa ausencia de adultos. Excepto en el bar americano, casi todo parecía estar en las manos de jóvenes, a quienes era asignada una tarea específica, pero en la práctica generalmente acababan olvidando sus obligaciones y entraban como jugadores en algún partido de futbol o de básquet dejando sus puestos desatendidos. Esperábamos, por ejemplo, que alguien pudiese servir de guía para quienes visitaban las instalaciones por primera vez, pero no encontramos a nadie con esa tarea específica y tuvimos que encontrar los diversos sectores por nuestra propia cuenta.

Como no teníamos ropa adecuada para practicar algún deporte o entrar en la piscina, luego que acabamos de recorrer las instalaciones más importantes, decidimos que era hora de volver. Estaban comenzando a servir el almuerzo, pero ya estábamos tan satisfechos con los "panchos" que no tuvimos paciencia para esperar un turno. Comenzamos nuestra caminada de vuelta por el camino asfaltado disfrutando de la brisa de otoño rumbo al portón de entrada cuando oímos el ruido de un automóvil que venía detrás de nosotros andando muy lentamente. Nos sorprendió verlo porque, excepto por las infaltables motonetas, no habíamos visto ningún otro vehículo dentro del conjunto. Era un pequeño Mercedes Benz convertible de color plata y tenía la capota negra cerrada. Parecía recién salido de la fábrica. Después que le cedimos paso anduvo unos 50 metros cuando noté que la capota del convertible comenzó a abrirse y pude ver la cara de los pasajeros. Me pareció que el señor que estaba al volante era alguien conocido. Luego el auto se detuvo junto a un grupo de cuatro jóvenes vestidos con ropa deportiva que estaban caminando hacia la salida. Los dos señores descendieron del auto, se acercaron a los cuatro jóvenes y formando una ronda comenzaron a conversar. Al alcanzar el grupo Atilio y yo nos unimos a la ronda y vimos que el señor que había estado al volante hablaba con uno de los muchachos.

- ¡Es Perón! - Exclamó Atilio en mi oído.

Lo había visto centenas, tal vez miles de veces, en fotografías o en el cine, pero, por algún motivo me sorprendió. Me pareció mucho más alto de lo que imaginaba. Aparentemente conocía bien a uno de los jóvenes que era jugador de básquet en uno de los equipos de la UES y tenía un brazo enyesado. Quería saber cómo estaba su brazo y el joven le estaba respondiendo. En ese momento oí su voz inconfundible diciendo:

- No se preocupe. A su edad si le cortan un brazo le crece otro...

No había duda era su voz. Todos los otros rasgos comenzaron a concordar. Era él mismo.

Luego nos dio un apretón de manos a cada uno y siguió camino hacia la salida.

Atilio y yo nos miramos incrédulos. ¿Cómo contaríamos lo ocurrido sin que piensen que lo inventamos? Atilio llegó a prometer que dejaría de lavarse la mano derecha por mucho tiempo y parece que cumplió su promesa...Era difícil imaginar en ese momento que sólo cinco meses después toda una era habría acabado. Perón estaría exiliado en Paraguay y la UES clausurada por tiempo indeterminado.

Es bien sabido que en 1938 Perón fue enviado por el Ministerio de Guerra en misión especial a Italia donde se tornó un gran admirador de Mussolini. De acuerdo con su biógrafo, cuando retornó a Argentina en 1941 contó que había visto a Mussolini, pero sólo de lejos en un acto público en la Piazza Venezia, aunque años después mudó esta historia. En su autobiografía, escrita en 1976, afirma que, se hubiese lamentado, cuando viejo, si no hubiese conocido al "Duce" y que le concedió una audiencia en su escritorio en Milán. También repitió públicamente esta última versión a periodistas cuando estaba exilado en España.

Algunos afirman que a Perón le gustaba darse importancia y por eso inventó la historia de la entrevista que Mussolini le concedió. Pero ¿por qué razón querría darse importancia cuando ya era una celebridad y no cuando volvió de Italia y aun no lo era? Es posible que ocultase la historia inicialmente porque no le convenía políticamente en aquel tiempo, pero después decidió contar la verdad. Como todo lo referente a Perón las controversias nunca acaban…

Aceptando la versión que consta en su autobiografía, Perón apretó la mano del "Duce". Por tanto, por ese nuevo cómputo, estuve a sólo dos apretones de manos de Mussolini y tres de Hitler, simétricamente a la misma distancia que de Roosevelt y Churchill. Tal vez hasta el propio Perón se hubiese sorprendido al enterarse de esta extraña y fortuita simetría que propició con el encuentro en la UES…

Pero aun suponiendo que Perón no tuviese apretado la mano de Mussolini, como algunos afirman, sin duda apretó la mano de Franco cuando se exilió en España. Franco por su vez, en 1940 y 1941, apretó las manos de Hitler y Mussolini. Por ese camino alternativo, estaría a dos apretones de mano de Franco y a tres de Mussolini e Hitler. Lo cierto es que, de cualquiera de las dos maneras, las simpatías personales de Perón acabaron tornando más próximos algunos de los personajes más detestados del siglo XX.

Muchos años después, en 1995 para ser más preciso, estaba en el aeropuerto de Frankfurt aguardando un vuelo de conexión cuando escuché a alguien, sentado atrás de mí, hablando en castellano con acento porteño. Sin nada mejor que hacer comencé a prestar atención al diálogo en que hablaban principalmente sobre máquinas agrícolas. De pronto, el señor con acento familiar comenzó a contar una anécdota y mencionó la escuela secundaria donde había estudiado. Era mi escuela…Sin pensar dos veces giré la cabeza y observé su cara atentamente. Después de algunos instantes percibí que sus rasgos, sus gestos y su voz se encajaban a la perfección, una pequeña mancha roja en la mejilla acabó convenciéndome por completo. No había dudas era Atilio Grignol.

- ¡Martín, que mundo pequeño…! - Exclamó cuando supo quién era.

Al actualizar informaciones sobre nuestras vidas me contó que estaba radicado en España y que era director ejecutivo de una importante empresa de máquinas agrícolas. Luego comentó:

- En Argentina no se puede trabajar…Los sindicatos te vuelven loco, huelgas todas las semanas…

Pensé preguntarle si todavía no se había lavado la mano derecha…Pero luego desistí porque podría parecer demasiado irónico.

Mentiras

"La mentira camina con patas cortas" es un dicho popular que tenía bastante vigencia en aquellos tiempos de 1966, cuando después de los acontecimientos que siguieron a "La noche de los bastones largos" cambiamos, de un día para el otro, Buenos Aires por el tranquilo campus de una universidad norteamericana. Mi hija mayor nació ese mismo año.

Vivíamos en uno de esos conjuntos de departamentos con frente de ladrillos rojos, muy comunes en las ciudades americanas, que estaba localizado dentro del predio de la universidad y era destinado a estudiantes de posgrado. Había un gran parque en el frente del conjunto y, a los tres años más o menos, mi hija comenzó a jugar en el parque con sus vecinitas, era el año 1969 y la guerra de Vietnam se encontraba aun en su apogeo.

Mi esposa Amanda luego hizo amistad con Liz Dillon, la madre de una las amiguitas de mi hija, con quien solía sentarse en el parque para conversar e intercambiar recetas culinarias mientras vigilaban a las niñas. Las reuniones en el parque se hicieron frecuentes y en cierta ocasión Liz propuso un encuentro en su departamento para tomar café y permitir que los maridos se conociesen.

La noche de la reunión llamamos a una chica cubana, aun adolescente, que vivía en un departamento vecino para cuidar de mi hija y nos encaminamos hacia el departamento de Liz que estaba ubicado en otro pabellón del conjunto.

Quien nos recibió fue Frank Dillon, el esposo de Liz que hablaba inglés con un fuerte acento sureño. Después de las presentaciones nos sentamos para conversar y tomar café con rosquillas. Frank me explicó que era del estado de la Carolina del Sur y que estaba matriculado en el programa de doctorado en farmacia, donde había ingresado después de haber sido dado de baja del cuerpo de fusileros navales. Casi todos los adornos que pude ver en el departamento tenían alguna relación con su pasado militar. Fotos, recortes de periódicos, emblemas y hasta una bayoneta. Cuando la conversación se apartaba de su tema favorito, su interés decaía visiblemente, pero por cortesía me esforcé en continuarla, a pesar de que, debido a la diferencia de intereses, no estaba encarrilando para lugar alguno. Después de un poco menos de dos horas nos despedimos con la promesa de que iríamos a programar futuramente una excursión de las dos familias para acampar en un parque estadual próximo.

Inevitablemente el día de la excursión llegó... Salimos muy temprano y después de manejar cerca de dos horas llegamos al parque, donde encontramos un buen lugar para armar las carpas. Nuestros equipos eran relativamente modestos, pero Frank Dillon contaba todo tipo de artefactos y utensilios y su carpa era mucho mayor que la nuestra. Vestía una chaqueta de estilo militar verde con diseños de camuflaje y usaba pesados borceguíes.

Poco después de instalados descubrimos que ninguno de los dos había recordado de comprar fluido combustible para encender el fuego en las cocinas y decidimos ir andando hasta una tienda que estaba a aproximadamente 1 Km. En el trayecto llegamos a un área que, debido a las fuertes lluvias que habían caído en días anteriores, había quedado inundada y propuse que hiciésemos un desvío, lo que haría el trayecto un poco más largo. La respuesta de Frank fue previsible:

- Un "marine" nunca hace eso.

A continuación, arremangó sus pantalones y anduvo con el agua hasta encima de los tobillos hasta llegar al lado seco. Yo me quedé esperando en el lugar desde donde comenzó a vadear y cuando volvió me dijo con aire triunfante:

-Un "marine" nunca retrocede ante el peligro…

No volvimos a tener nuevos encuentros formales, pero en otras ocasiones en que nos cruzamos brevemente, principalmente en el auge de la guerra, la conversación acababa en el mismo asunto; su pasado como "marine". Cuando los noticiarios anunciaban alguna operación militar reciente en que los fusileros habían tenido una participación decisiva, su entusiasmo aumentaba aún más.

Al partir para otros lugares, perdimos el contacto, pero en cierta ocasión Liz nos localizó, explicó que estaba de vacaciones y avisó a Amanda que vendría a visitarla. Cuando llegó supimos que se había divorciado de Frank y reveló algo que nos dejó perplejos. Frank nunca había sido "marine", tentó serlo, pero debido a una deficiencia en un oído que afectaba su sentido de equilibrio su pedido fue negado.

Nunca llegué a entender que motivo puede llevar a alguien a mentir de esa manera, sin que exista ningún beneficio aparente, pero es bastante posible que en algunos casos el beneficio no parezca tan evidente, aunque igual exista. La mentira de Frank, que al final de cuentas caminó con patas cortas, hizo con que hurgase en mi memoria procurando encontrar paralelos.

Cuando era niño y me reunía con otro niño de mi edad casi siempre acabábamos en un mundo imaginario.

- ¿Dale que yo era Superhombre y vos eras Capitán Marvel?

- ¡Dale!

Era todo lo que se necesitaba para entrar en el mundo "de mentira", como era llamado. Mas tarde comenzamos a usar mentiras para obtener algún provecho inocente.

- Hoy no puedo ir a la escuela porque me duele la barriga.

Cuando este tipo de mentira comenzaba a aparecer, los adultos se encargaban de cohibir ese comportamiento.

- Mentir es pecado.

O también

- Te va a crecer la nariz como a Pinocho.

Hasta los 10 años recuerdo que creía que sólo los niños mentían y los adultos estaban ahí para recordarnos que no debíamos mentir. Hasta que un acontecimiento me demostró lo contrario. Una noche un grupo de chicos de mi cuadra y el hermano mayor de uno de ellos, nos pusimos de acuerdo en ir a una kermese en la Rural en Palermo y pedimos a nuestros padres para que nos diesen permiso. Tanto insistimos que finalmente concordaron, ya que el joven de unos 16 años que nos acompañaría parecía bastante responsable. Tomamos el tranvía 89 y nos bajamos en Plaza Italia frente a la Rural, pagamos la entrada en la boletería y entramos. Había todo tipo de juegos, como suele haber en las kermeses, mas también había un circo, aunque yo no tenía intención de gastar el poco dinero que me habían dado en una entrada para el circo. De cualquier manera, me acerqué porque frente a la entrada del circo, había un tablado donde estaban presentando una previa de los números circenses, para que la gente se entusiasmase y comprase la entrada. Había mucha gente, pero conseguí filtrarme hasta llegar junto al tablado.

Cuando acabó la presentación del "come fuegos" apareció en escena un "mago" vestido con una larga capa negra y un sombrero puntiagudo del mismo color. Después de presentar algunos trucos avisó, usando el micrófono:

- Ahora señoras y señores voy a llamar a alguien del público para hipnotizarlo.

A continuación, dijo:

- A ver…Usted joven – Veo que me apunta con el dedo…

- Suba al escenario.

No podía creer que aquello estaba pasando conmigo, pero subí usando unos escalones laterales.

- ¿Cómo es su nombre?

- Martín Wolfenson.

En ese momento veo que está colocado de espaldas para el público y con el micrófono desligado me susurra:

- Si hacés todo lo que te ordeno y después no se lo contás a nadie, te dejo entrar gratis al circo - Sin pensar dos veces hice un gesto afirmativo con la cabeza.

A continuación, me sienta en una silla y, religando el micrófono, me dice:

- Martín, cuando se lo ordene va a dormirse profundamente y cuando aplauda dos veces se va a despertar.

Hace varios movimientos "mágicos" con las dos manos y luego dice:

- ¡Ya!

Simulé lo mejor que pude que estaba durmiendo y después, cuando oí los dos aplausos, aparenté despertar. Sorprendido, noté que el público también aplaudía. Luego, repitiendo los pases mágicos, me avisa:

- Ahora, cuando diga "ya", lo voy a transformar en un perrito… ¡Ya!

Comencé a andar por el escenario con mis pies y manos en el piso intentando ladrar lo mejor que pude hasta que oí de nuevo los dos aplausos y volví a comportarme normalmente.

Después de mi actuación, la previa del espectáculo circense acabó y bajé del escenario para dirigirme a la entrada del circo. Mi sorpresa fue grande porque el público que me rodeaba, niños y también adultos, no paraba hacerme preguntas del tipo:

- ¿Te asustó ver tanta gente cuando te transformaste en el perrito?

O también

- ¿Sabías dónde estabas cuándo te despertaste del sueño?

Después del episodio, no sólo descubrí que los chicos no eran los únicos que mentían, sino que era muy fácil engañar a mucha gente con una simple mentira.

El "mago" cumplió con su palabra y me dejaron entrar al circo, pero el espectáculo fue una decepción. Al salir me dirigí a un puesto de tiro al blanco con pistolas de aire comprimido, que era mi juego favorito en las kermeses, y ahí gasté todo mi dinero sin ganar ningún premio.

Con el pasar del tiempo comencé a notar mentiras en casi todas las actividades humanas. Primero en la política, donde por la propia naturaleza de esa actividad, es relativamente raro encontrar algún candidato a un cargo público que no mienta. Si hay que derrotar al opositor en una elección no es muy recomendable reconocer sus virtudes, es más provechoso denegrirlo con alguna mentira. Tampoco es muy recomendable dejar de hacer promesas que nunca serán cumplidas…

Viene a la memoria la imagen de un conocido líder indígena brasileño, que llegó a ser electo diputado federal en los años 80. Cansado de oír falsas promesas de los políticos sobre la demarcación de tierras indígenas, circulaba por los ministerios en Brasilia armado de un voluminoso grabador registrando todas las promesas que le hacían para poder revelarlas en el futuro y desenmascarar a los mentirosos.

Hasta en áreas consideradas bastiones de la verdad, como las ciencias, había espacio, para la mentira. Existieron casos, bastante raros, por cierto, de científicos que fabricaron resultados ficticios sólo para ganar notoriedad con su publicación en periódicos de gran prestigio.

Cuando, en los años 60 fuimos a vivir a los Estados Unidos no tardamos en observar algo bastante alentador. Parecía que, en general, la mentira no era considerada la norma, sino una excepción. Una carta de recomendación de alguien respetado, por ejemplo, tenía un valor inestimable. Nadie dudaría de su veracidad… Las notas en la universidad eran basadas, en parte, en trabajos de casa que debían ser individuales y, en buena medida, lo eran. Tampoco había ninguna vigilancia en la sala de aula cuando era dada una prueba escrita.

En la política también parecía haber diferencias notables, especialmente comparando con nuestra reciente experiencia. Gracias a la constante vigilancia de la prensa tradicional. Un presidente fue forzado, en los años 70, a renunciar a su cargo por mentir. Los representantes en el congreso eran constantemente cuestionados por sus electores, enviando cartas o de otras formas, para que se cumpliesen las promesas hechas en las campañas electorales y eso tenía un gran efecto.

Pero eso era en los años 60 y 70… Todo comenzó a cambiar, a fines de los años 90, con la llegada de las nuevas redes de comunicación, cuando la mentira comenzó a caminar con "patas gigantes" ...El periodismo tradicional, que en cierto modo actuaba como defensor de la verdad, perdió su exclusividad con la aparición de numerosos medios de difusión diferentes con escaso o ningún compromiso con la verdad. Irónicamente, ese fenómeno ocurrió en forma muy acentuada precisamente en los Estados Unidos, donde hoy estamos asistiendo a un hecho insólito. La mentira está colocando en jaque, ni más ni menos, que el propio sistema democrático republicano de gobierno cuyo perfeccionamiento llevó casi 250 años.

Algunos días atrás, mi propia nieta adolescente me sorprendió con su pregunta:

- Abue, ¿es verdad que la misión Apolo 11 no existió y que todavía ningún ser humano pisó en la luna?

- Claro que ya pisaron en la luna, fue en el año que nació tu mamá. Todo el mundo lo vio en la televisión. ¿De dónde sacaste esa historia?

- La encontré en la internet...

* 9 7 9 8 7 0 9 4 5 6 6 6 2 *